爱情书简

[智]加布列拉·米斯特拉尔／著

段若川／译

Cartas De Amor

漓江出版社

［智］加布列拉·米斯特拉尔

（Gabriela Mistral,1889—1957）

米斯特拉尔雕像（位于厄瓜多尔的瓜亚基）

米斯特拉尔的侄子，
女诗人视如养子

智利首都的米斯特拉尔文化中心

米斯特拉尔和哥伦比亚壁画家圣
地亚哥·马丁内斯·德尔加多（1930）

作家·作品

她那富于强烈感情的抒情诗歌，使她的名字成了整个拉丁美洲理想的象征。

——1945 年诺贝尔文学奖授奖词

这位本来无足轻重的乡村小学教师一步步登上了拉丁美洲精神皇后的宝座。

——瑞典科学院院士雅尔玛·古尔伯格

加布列拉的风景有一种分不出日期的模糊。她的中心标志是岩石，这是冷却了的岩石的太阳，是化作坚硬物质和绿色苔藓的时间，是对复活的承诺。

——[墨西哥] 奥克塔维奥·帕斯

加布列拉·米斯特拉尔已经不仅使我们平静，将我们安慰或祝福：她是滋补我们的浩瀚的和风，吹拂在美洲的天地之间，携带着丰盛的精华，鸟儿和蜜蜂、车间和钟楼的声音。

——[墨西哥] 阿丰索·雷耶斯

在这位"女神"身上，我十分欣赏她那极富个性化的口语，这绝不是修辞的轻而易举，也不是日益老化墨守成规的粗俗；这险峻的口语带给我们的是她的智利和她的美洲同胞的口语的魅力。

——[智利] 贡萨洛·罗哈斯

目　录 / Contents

序言

散文

爱情书简

附录

序　言

洒向人间都是爱
——加布列拉·米斯特拉尔的生平与创作

加布列拉·米斯特拉尔（Gabriela Mistral，1889—1957）是拉丁美洲第一位诺贝尔文学奖获得者，也是迄今为止，获此殊荣的西班牙语作家中唯一的女性。"她那富于强烈感情的抒情诗歌，使她的名字成了整个拉丁美洲理想的象征。"

值得注意的是，在智利这样一个千万左右人口的国家，却产生了两位获得诺贝尔文学奖的诗人：加布列拉·米斯特拉尔（1945）和巴勃罗·聂鲁达（1971）。无论是诗品还是人品，两位诗人都恰恰代表了智利的两种相反相成的自然品格：如果说聂鲁达宛似南方波澜壮阔的大海，米斯特拉尔则像北部巍然屹立的高山。然而在这高耸入云的大山下面，却翻腾着炽热的熔岩，正如一位评论家所说，看上去"以为她是大理石，其实却是活生生的肉体"。

米斯特拉尔生前主要发表了四部诗集：《绝望集》（1922）、《柔情集》（1924）、《塔拉集》（1938）和《葡萄压榨机》（1954）。此外，她还在报刊上发表了大量的散文作品。她死后的第二年，智利圣地亚哥太平洋出版社出版了她的第一部散文集《向智利的诉说》。1967年，在巴塞罗那又出版了她的《智利的诗》。

翻开米斯特拉尔的诗集，尤其是《绝望集》，我们很快便会发现，它并不是以语言的典雅和形象的优美令人瞩目，更不是以结构的精巧和韵律的新奇使人叫绝，而是以它那火一般的爱的激情感染着读者。这里所说的爱包括炽烈的情爱、深沉的母爱和充满人文情怀的博爱。

正是这种奔腾于字里行间的爱的激情，使她的作品在群星灿烂的拉美诗坛上发出了耀眼的光辉。

米斯特拉尔的青年时代正是拉美现代主义诗歌的晚期，"逃避主义"已为"新世界主义"所取代，但新的诗风尚未形成。米斯特拉尔与现代主义诗人们迥然不同，她的人生经历和诗歌创作是水乳交融、难分彼此的。因此，要研究她的诗作，首先要了解她的人生。

加布列拉·米斯特拉尔的原名叫卢西拉·戈多伊·阿尔卡亚加，1889年4月7日（一说为6日）生于智利北部艾尔基山谷的倒数第二个小村上。巍峨的群峰造就了诗人的品格，动听的鸟语陶冶了诗人的灵性，那"芬芳的土地"培养了诗人对大自然的热爱和对家乡的深厚感情。

对于她的血统，有人说她是西班牙巴斯克人的后裔，有人说她是迈斯蒂索人（白人与美洲土著的混血）的后裔，还有人认为她的家族有犹太人的血统。后者仅仅是根据诗人对犹太人的同情和对《圣经》的态度推断出来的，不足为凭。

米斯特拉尔的父亲名叫赫罗尼莫·戈多伊·维亚努埃瓦，曾是小学教师，但他生性好动，像个"吉卜赛人的国王"，能够弹着吉他像行吟诗人一样即席演唱。在女儿三岁的时候，他离开了家乡。诗人曾回忆说："由于他总是不在，我对他的记忆可说是痛苦的，但却充满了崇拜和敬意。"女儿从他那里继承了好动而又坚毅的性格、诗人的气质、出色的记忆力和一双绿色的眼睛。诗人的母亲叫佩特罗尼拉·阿尔卡亚加·罗哈斯，这是一位俊秀而又善良的女性，她与诗人的母女之情是感人至深的。在米斯特拉尔的童年，有两个人曾对她产生过深刻的影响：一位是她的祖母，另一位是她同母异父的姐姐艾梅丽娜。每当星期天，母亲就叫她去看望"疯祖母"。祖母是村上唯一有一本《圣经》的人，并且不厌其烦地叫孙女一遍又一遍地朗诵，从而使它成了米斯特拉尔的启蒙课本，使这本"书中之书"在她幼小的心灵中

深深地扎下了根，给她的一生留下了不可磨灭的烙印。实际上，她对
《圣经》的记忆比对祖母的记忆要深刻得多。艾梅丽娜也是小学教
师，比卢西拉年长十三岁，是她真正的启蒙老师。这是一个十分不幸
的女性：母亲的私生女，从不知道谁是自己的生身父亲，结婚不久丈
夫就死了，后来又失去了唯一的儿子。艾梅丽娜给妹妹留下了终生难
忘的印象，评论家们认为，《乡村女教师》就是诗人对她的缅怀和颂
扬。向姐姐学习了最初的知识以后，卢西拉曾进过艾尔基山谷的维库
尼亚小学。校长阿德莱达是一位盲人，需要有人为她领路。卢西拉不
卑不亢地接受了这个工作，就像后来在斯德哥尔摩接受诺贝尔文学奖
一样。阿德莱达委托她为女学生们分发教材，但这些姑娘连领带偷。
当这位"有眼无珠"的校长发现少了教材时，竟在全校师生面前将她
当作小偷来训斥。不擅言辞的卢西拉无法申辩，当场昏了过去。晚上
回家时，偷教材的姑娘们早已在街上等着她，沿途用石块对她进行袭
击。当她跑回住处时，已是头破血流。多年之后，米斯特拉尔已是著
名诗人，有一次又回到维库尼亚，正赶上一个人的葬礼，她就信步跟
着人群走到墓地。一位陌生人还送她一束鲜花，叫她放在死者的棺材
上。当她询问死者是谁时，人们告诉她："就是阿德莱达，小学的校
长。她是盲人。您不记得了吗？"加布列拉听后立即答道："我永远也
忘不了她！"人情冷暖和世态炎凉在卢西拉坚毅的性格中又添加了孤
僻的成分，并在她的心田上播下了神秘主义的种子。

　　这个在大山中长大的姑娘从小就表现出诗歌方面的天才。九岁就
能即兴赋诗，让听众惊得目瞪口呆。由于经济条件的限制，她没有进
过正规的学校，她的文化知识和艺术修养主要来自耳闻目睹、刻苦钻
研和博览群书。但丁、泰戈尔、托尔斯泰、普希金、果戈理、陀思妥
耶夫斯基、罗曼·罗兰、乌纳穆诺、马蒂、达里奥等文学巨匠都曾是
她的老师，至于法国诗人米斯特拉尔（1904 年诺贝尔文学奖获得者）

和意大利诗人加布里埃尔·邓南遮对她的影响，从她笔名上即可看出。

为了维持家庭生活，卢西拉从十四岁起就开始工作，在山村小学做助理教师。她勤奋敬业，得到的却是校长和村民们的奚落和辱骂。二十岁时，她已在省内的报刊上发表诗歌和短篇小说，引起人们的瞩目。因此，从 1910 年起，她从助理教师转为正式教师，又从小学转到中学，并先后在蓬塔·阿雷纳斯、特木科和圣地亚哥等城市担任过中学校长的职务。1914 年她参加了智利作家艺术家联合会在圣地亚哥举行的"花奖赛诗会"，以三首《死的十四行诗》荣获了鲜花、桂冠和金奖，从此便沿着荣誉和玫瑰花铺成的道路青云直上。然而，腼腆的诗人为了逃避共和国总统和圣地亚哥市长的目光，尤其是为了逃避人群的掌声，她没有上台去领奖，而是躲在人丛中，欣赏当时任作家艺术家联合会主席职务的诗人麦哲伦·牟雷（她心目中的情人）朗诵时那"美妙"的声音。

1922 年应墨西哥教育部部长的邀请并受智利政府的委托，米斯特拉尔前往"仙人掌之国"去帮助实施教育改革。同年，在纽约的西班牙语研究院出版了她的《绝望集》，这是她的成名作，也是她的代表作。两年后，她完成了在墨西哥的使命，赴美国和欧洲旅行，在马德里发表了《柔情集》，其中不少诗作是从《绝望集》中抽出来的。1925 年 2 月，当她回到祖国时，像凯旋的英雄一样，受到了全社会的欢迎。从此，她开始了新的生活。智利政府任命她为智利驻"国联"（即后来的联合国）的代表和罗马教育电影学会执行委员。1928年她赴西班牙参加国际妇女大会。1930 年她迁居美国，在各地开设学术讲座。1931 年，在回国途中，她访问了中美洲和加勒比海各国，在波多黎各和哈瓦那大学讲学，在危地马拉和萨尔瓦多的大学参加各种活动，在巴拿马参加纪念哥伦布的活动并荣获金奖。1932 年，她开始了外交生涯。原想去热那亚任领事，但由于她的反法西斯立场，墨索里尼政府以她是女性为借口，拒绝接受。于是她不得不改去危地马拉，后来又去了法国的尼斯。1933 年，她获得了"波多黎各女儿"的称号。同年 7 月，去马德里任领事（1933—1935），后又去里斯本任职（1935—1937）。从 1935 年起，智利政府任命她为"终身领事"，驻地任选。1937—1938 年，她与两位诺贝尔奖获得者——著名物理学家居里夫人和哲学家亨利·柏格森——在巴黎共同为"国联"工作。1937 年，她决定将《塔拉集》的版权收入献给在西班牙内战中失去双亲的孤儿。在第二次世界大战期间，她回到了美洲，先是居住在墨西哥的维拉克鲁斯（1938），后又迁居巴西的尼泰罗伊和佩特罗波利斯（1939—1944）。在此期间，她为《美洲丛刊》、圣地亚哥的《商报》、布宜诺斯艾利斯的《国家报》等许多报刊撰写稿件。

1945 年，她获得诺贝尔文学奖，然后从斯德哥尔摩赴法国和意大利访问，并受智利政府的派遣，直接去旧金山参加联合国成立大会。她是联合国妇女事务委员会委员，并积极参与了联合国儿童基金会的创建工作，起草了《为儿童呼吁书》。后来历任驻洛杉矶（1945）、蒙罗维亚（1946）和圣巴巴拉（1947—1950）领事。米尔斯学院、奥克兰大学、加利福尼亚大学先后授予她名誉博士称号，墨西哥政府专门在索纳拉送给她土地，请她在那里定居。1951 年她荣获了智利国家文学奖并将十万比索的奖金捐给故乡的儿童。同年，发表了谴责帝国主义冷战政策的散文诗《诅咒》。1950—1952 年，她先后在那不勒斯和拉帕略任领事。1953 年任驻纽约领事。1954 年哥伦比亚大学授予她名誉博士称号。同年她回到智利，受到知识界和广大人民的热烈欢迎。1955 年，她应联合国秘书长哈马舍尔德邀请，参加了联合国人权大会。同年，智利政府为她颁发了特殊养老金。1956 年年底，她身患重病，1957 年 1 月 10 日在纽约逝世。当她的遗体运回智利时，智利政府和人民为她举行了国家元首级的葬礼。

为了更好地理解米斯特拉尔的诗作，尤其是为了理解她的《绝望集》，我们不能不谈谈她的爱情悲剧。众所周知的是：在 1909 年，卢西拉认识了一个名叫罗梅里奥·乌雷塔的铁路职员，并且一见钟情。至于小伙子对她的感情如何，评论家们其说不一，但可以肯定的是，乡村女教师没有得到相应的回报，这令她痛苦不已。后来罗梅里奥"和别的女人走了"，这更深深地刺伤了她那颗幼年时早已遭冷遇的心。罗梅里奥是一位讨人喜欢的青年，面貌清秀，性格腼腆。1909 年 11 月 25 日，当他就要与另一位姑娘结婚时，却因"挪用公款"（将铁路款项借给一位急需的朋友，后者无法按期归还）而开枪自杀。据米斯特拉尔的好友萨维德拉·莫里娜说，由于人们在死者的衣袋里发现了女诗人写给他的明信片，这使卢西拉感到痛苦、怨恨、怀念和内疚。这种复杂的心情就是《绝望集》中许多诗篇的灵感之源。

　　在这里需要指出的是，许多文学史家和专门研究米斯特拉尔的文学评论家，其中也不乏女诗人的好友，都认为在她的一生中，只有上述一次恋爱，即所谓"伟大而又唯一的爱情"，本文作者以前也是这么认为的。最近阅读了费尔南德斯·拉腊茵出版的《加布列拉·米斯特拉尔爱情书简》，才知道这并非实情。事实是，卢西拉有过三次失败的爱情：一次是十五岁时的早恋，对象是比她年长二十三岁的庄园主阿尔弗雷多·维德拉·皮内达，这是"无法实现的爱情"；第二次的对象便是罗梅里奥·乌雷塔，这是一次火山爆发般的爱情；第三个对象是当时已负盛名的诗人曼努埃尔·麦哲伦·牟雷（1878—1924），这时的卢西拉已经成熟、冷静，这是一次长达十年之久的柏拉图式的爱情。遗憾的是在《爱情书简》中，没有一封是写给罗梅里奥的，不过从作者那些滚烫的诗句里，读者可以体会到女诗人爱得是何等的纯真和炽烈。在参加"花奖赛诗会"之前，卢西拉已经结识并爱上了曼努埃尔·麦哲伦·牟雷。他是一位现代主义抒情诗人，是当时的智利作家艺术家联合会主席，也是赛诗评委会主席。由于卢西拉没有公开出席颁奖仪式，三首《死的十四行诗》是由他朗诵的。曼努埃尔·麦哲伦·牟雷是一位仪表不俗（他像阿拉伯国王一样蓄着美丽的胡须）、风格隽永的诗人，是智利现代主义后期的代表人物之一。诚然，他们之间的爱情没有也不可能有什么美好的结局，因为当时这位"美髯公"早已和比他年长十岁的表姐成亲，而且他从小就爱慕这位大表姐。在米斯特拉尔赴墨西哥的前一年，麦哲伦赴欧洲旅行，从此他们再也没有见面。麦哲伦·牟雷于1924年因心绞痛突发，死在弟弟家中。当时米斯特拉尔正在欧洲访问，她保持沉默。三年之后，当劳拉·罗迪格为麦哲伦雕刻的纪念碑矗立在植物公园时，她在1927年4月17日的《商报》上发表了一篇题为《智利人：曼努埃尔·麦哲伦·牟雷》的文章。由此，人们明白了她沉默的理由："现在已可以评论此人，时间的距离已使爱的激情有所缓解。""因为这纪念碑使他离我们远了一些，尽管是人为的，逝去的岁月似乎成倍地增加了……"在谈及他们的友谊时，米斯特拉尔说："择友就像蜜蜂选择玫瑰一样，选中之后，友谊便是持久和美妙的。"这持久而又美妙的友谊在爱慕与激情中将他们连在一起，达十年之久。对他的人品，女诗人回忆说："他是一个白皙、纯洁的美男子，谁见了他都会喜欢：女人、老人或孩子。"她认为："美洲山谷里最富有诗歌天才的头脑或许就是何塞·阿松森·席尔瓦和我们的麦哲伦。"在1935年5月5日《商报》上发表的另一篇文章中，诗人再一次敞开了心扉："任何一个种族都会愉快地接受这高贵的尤物。我很喜欢看这个人，他充满生活的风采，却朴实无华，宛似植物中的精品，同时散发着自然与灵秀之气。"

十五岁至三十五岁这二十年，是人生最宝贵的年华。米斯特拉尔却是在痴恋、苦恋和失恋中度过的。对爱情，她从痴迷到清醒，从热烈到冷静，从幼稚到成熟，悲多于喜，苦多于乐。她从不隐瞒自己的情感，当然也不愿让别人评头品足。

下面，我们来谈谈米斯特拉尔的诗歌作品。

《绝望集》是加布列拉·米斯特拉尔的第一部诗集，也是她最有影响的一部诗集。当 1922 年在纽约出版时，全书共分七个部分，其中五卷是诗：生活、学校、童年、痛苦、大自然；另外两卷是散文诗和故事。《绝望集》这个总标题并不适合全书，然而却起到了画龙点睛的作用，因为全书中最有感染力的作品是那些泪水凝成的爱的诗篇。在这些诗篇中，人们很难将诗人的想象与她的切身经历区别开来，因为无论想象还是经历都是诗人心灵不可分割的组成部分。加布列拉·米斯特拉尔内心的激情与表面的平静形成了鲜明的对照，正像一座白雪皑皑的火山，一旦它打破沉默，沸腾的岩浆便会毫无顾忌地喷发出来，这并不是为了装点周围的环境，而是为了求得内心的平衡。正由于诗与人的融合太紧密了，米斯特拉尔最初"不同意搜集自己的作品"，可在答复纽约西班牙语研究院的时候，她还是寄去了这个集子，"其中无论已发表过的还是未发表过的作品，都是首次汇编成册"。

《绝望集》的内容有三部分：爱情、大自然之美与宗教的神秘。作者在编排时，有意将三部分内容混杂起来，时间顺序也有颠倒，这或许是一种障眼法，或许是她不愿公开打破女人从一而终的浪漫神话。然而在了解了米斯特拉尔的人生经历之后，我们大体上能够看出这些作品的来龙去脉。

当爱情的种子萌发时，诗人还是一位天真无邪的姑娘，一位心地善良的乡村小学教师：

> 纯洁的教师。"温柔的园丁，"
> 她说，"这是将耶稣继承，
> 眼睛和双手要保持洁净，

用圣油的清亮给人以光明。"

——《乡村女教师》

虽然多数评论家认为这是对艾梅丽娜的写照，但显然也包含着诗人自己的影子。就在那个时候，初恋使正值豆蔻年华的卢西拉又惊又喜，她似乎闯进了一个美妙的世界，那里春光明媚，令人心驰神往：

自从你和我订下婚姻，
世界多么美丽动人。
当我们靠着一棵带刺的树
相对无言，默默倾心。
爱情啊，像树上的刺儿一样
将我们穿在一起，用它的清馨！

——《天意》

对年轻的女诗人来说，爱情像阳光和空气一样，是维持生命必不可少的元素。为了神圣的爱情，她不惜牺牲自己的生命。因此，当她在半朦胧、半清醒的状态中接受亲吻的时候，竟会产生死的联想：

你不要将我的双手握紧，
长眠的时刻终将来临，
交叉的手指上笼罩着阴影
还有厚厚的一层灰尘。

——《警示》

在爱的陶醉中产生死的念头，这是多么大的反差！然而这正是米斯特拉尔的个性，用扑朔迷离的带有浓重宗教色彩的语言，赤裸裸地抒发爱的情感。《警示》的最后两句用一个富有诗意的形象给这爱的举动下了定义：穿透肌体的"神圣之风"，"用普通的话来说，这就是繁衍后代、生儿育女的呼声，就是驾驭人和动物的大自然的意志，而人总是力图使其升华以保全自己的贞操"[①]。

女诗人对爱情的疑虑并非无病呻吟，在她与情人之间，果然出现了第三者。小伙子见异思迁，疏远了乡村女教师。一首抒情《歌谣》向我们展示了诗人激荡的心潮：

> 他和别的女人走了，
> 我看见了他的身影。
> 风依然柔和，
> 路依然平静。
> 可我这双可怜的眼睛啊
> 却看见了他们的身影！

许多评论家都认为这痛苦的失恋是米斯特拉尔《绝望集》的源泉，她的选集上几乎都收录了这首小诗，有的还把它印在封底上。

女诗人与恋人决裂了，然而她心中的爱情之花并没有凋谢，它变成了渴望，变成了烈火，变成了痛苦、怨恨和诅咒。如果说初恋的情歌是情不自禁地哼出来的，现在则是咬牙切齿地大声疾呼：

> 如果你不和我一起行走，
> 上天会叫你失去阳光；

[①] 引自《加布列拉·米斯特拉尔的生平和创作》(《拉丁美洲当代文学论评》，漓江出版社，1988)。

会叫你没有水饮，

如果水中不映着我的形象；

会叫你彻夜不眠，

如果你不是枕在我的发辫上。

——《天意》

1909 年 11 月 25 日，罗梅里奥·乌雷塔朝自己的太阳穴开了一枪。她悲哀、绝望、怨恨、愧悔，有时甚至到了想入非非的地步。她的激情像山洪一样汹涌澎湃，汇成了那三首使她成名的《死的十四行诗》：

人们将你放在冰冷的壁龛里，

我将你挪回纯朴明亮的大地，

他们不知我也要在那里安息，

我们要共枕同眠，梦在一起。

在探讨这三首诗的灵感之源时，评论家们各执己见、其说不一，贡萨莱斯·维拉的论点却是大家都接受的。他说："那个青年的姓名、相貌、品格并不重要，重要的是他是个幸运儿，因为他激起了如此炽烈、细腻、温柔、动人、持久的爱情并酿成了如此玄妙的光环，这在卡斯蒂利亚语诗坛上是史无前例的。"[1]《陶杯》《祈求》《徒劳的等待》等诗作也是这个时期的产物。

时间的流逝、远离家乡的漫游和繁忙的工作使诗人的心绪逐渐平静下来，然而尽管情人的形象在她的记忆中已不甚清晰，但心头那一

---

[1] 引自《加布列拉·米斯特拉尔爱情书简》导言部分（安德列斯·贝略出版社，圣地亚哥，智利，1978）。

缕情思却依然藕断丝连：

> 当你欢笑时是什么模样？
> 当你爱我时是什么形象？
> 当你的眼睛还有灵魂
> 它们放射出什么样的光芒？

——《短歌》

在《绝望集》中，还有一首极具特色的诗篇，这就是《儿子的诗》。这首诗是米斯特拉尔于1918年担任蓬塔·阿雷纳斯中学校长，上任的第一天写的。它记载并精确地描述了诗人的爱情悲剧，而且在诗歌素材方面独辟蹊径；不单纯是性爱与恋情，而且有做母亲的渴望。这灵感又激发她创作了另外两首同样优美的诗：《不育的女性》和《孤独的婴儿》。前者具有轻微的巴洛克风格，后者虽然也是一首十四行诗，却很像信口哼出来的摇篮曲。它们从不同的侧面表现了诗人心灵深处的感受，都是不可多得、脍炙人口的作品。

细心的读者会发现，米斯特拉尔情诗的韵味是有变化的。《相逢》《天意》《死的十四行诗》《祈求》等作品，笔锋如刀，激情似火，显然是她与罗梅里奥的爱情的产物。《爱是主宰》《警示》等作品的风格已渐渐趋于缓和，不再是哭诉、呐喊或呻吟，诗人已更加成熟和冷静，语言已不再那么苦涩、辛辣，不仅有些甜润，有时还流露出一点妩媚和俏皮，内容虽然还离不开痛苦，但却有轻音乐的味道。至于像《痴情》《默爱》《羞愧》《苦恼》《儿子的诗》《不寐》等作品，则表现了她对待爱情一贯的精神状态。杜尔塞·马丽亚·洛伊纳斯曾这样写道："如果说加布列拉·米斯特拉尔为自己创造了一个世界，一个像我们在《绝望集》中所发现的如此美丽动人的世界，那么她就不仅仅是写了一本书：她窃得了神火，而且没有自焚。"①我想，这是对《绝望集》最形象的概括与评估。

《绝望集》中还有一组抒情漫笔式的释义性散文——《母亲的诗》。这是一束别具一格的小花，它以自己独特的风格装点了文坛。这是孕妇甜蜜的畅想曲，是母亲深情的赞美诗。这一类关于母爱的题材在《柔情集》中得到了更充分的体现。

《柔情集》中的诗作大都是儿歌或摇篮曲。米斯特拉尔的摇篮曲立意新颖，内容含蓄，语言流畅，令人感到母子之情像小溪一样温柔，像大地一样宽广：

> 娘的宝贝要睡眠，
> 红日西斜已下山：
> 闪光只有露水珠，
> 发白只有娘的脸。
>
> ……
>
> 为娘开口把歌唱，
> 并非只摆儿摇篮：
> 来回牵动小绳索，
> 是为大地来催眠。
>
> ——《夜晚》

米斯特拉尔的儿歌不仅感情细腻、情趣高雅，而且饱含着浓厚的

---

① 引自《卢西拉与米斯特拉尔》，第127页，阿告拉尔出版社。

生活气息：

渔家小姑娘，
不怕风和浪。
睡脸像贝壳，
渔网罩身上。

……

睡得多香甜，
胜似在摇篮。
嘴里是盐味，
梦里是鱼鲜。

——《渔妇的歌》

作为教师，米斯特拉尔非常重视对孩子们的教育，更懂得寓教于乐的道理。因此，她创作的儿歌，虽然常常渗透着宗教思想，但却总是以游戏和歌唱的形式引导孩子们去追求真善美，培养他们团结、互助、热爱祖国和尊重大自然的崇高品德。总之，格调清新、内容健康、语言朴实是《柔情集》的基本特征。《柔情集》的最后两首诗——《大树的赞歌》和《小红帽》选自《柔情集》的最后两卷《学龄前》和《故事》。前者歌颂了大树对人类无私奉献的伟大品格，后者则告诉孩子们分清善恶的重要性，这是根据法国诗人佩罗的童话著作改写的。这两首诗表明米斯特拉尔的作品已经从情爱和母爱向着人道主义的博爱转化，表明了她的创作已经进入了一个新的时期。

《塔拉集》是米斯特拉尔的第三部诗集，有人称它为"神秘莫测"

的诗集，这是因为在这部诗集中，诗人已改变了原来朴实无华、清晰明朗的风格，语言变得神秘，意境变得朦胧，不少作品已经具有明显的先锋派的特征。正因为这样，评论家们对这部诗集的评论，也是见仁见智，众说纷纭，甚至针锋相对，得出完全相反的结论。笔者认为，诗人终于摆脱了个人爱情悲剧的阴影，眼界更加开阔，心胸更加宽广，诗的题材也更加丰富，这无疑是一种自我超越。至于创作风格的改变，在拉丁美洲，从现代主义向先锋派的过渡，这是诗歌史发展的趋势和潮流，是无可非议的。当然，发展会有曲折，创新不总是成功。但无论如何，革新的精神是应该肯定、赞扬并发扬光大的。否则，历史就会停滞不前。

诗集的题目让人莫名其妙。何谓"塔拉"？评论家们也说不出个所以然。在西班牙语中，这个词有"砍伐"的意思，又是一种小孩子的游戏，类似我们北方孩子们的打尜（陀螺）；在阿根廷等地它是一种带刺的树；在智利还指在收割过的土地上放牧，叫牲口吃未割净的牧草。诸如此类，不一而足。这个词在梵文中是"平地"，在古日耳曼语中是"语言"，在葡萄牙语中是"木板"……作者取哪一个含义，我们不得而知。索性就音译为《塔拉集》，这是个偷懒却又保险的译法。

《塔拉集》的内容比较丰富，包括母亲之死、幻觉、疯女人的故事、材料、美洲、智利的土地、"智利之诗"的碎片、乡思、死浪、造化之子、留言等部分，还有十页散文注释。正如作者向我们提示的那样，"该书有《绝望集》的某些残余"，然而爱情悲剧在诗人心中激起的狂涛，如今已变成了"死浪"，不过是《绝望集》遥远的回声罢了。有人说，正是由于孤独，人们才与诗神对话，才会有好的作品问世。这显然并非普遍规律，但米斯特拉尔确实经常生活在孤独之中。

《塔拉集》中的诗句所以写得比较隐晦，除了先锋派诗歌的影响，与作者的心境也不无关系。从《绝望集》到《塔拉集》，有两件事情使诗人难过：1915年的父亲之死和1929年的母亲之死。前者正值她沉溺于爱情悲剧的绝望之中，因而没有在她的诗中留下痕迹。母亲之死则不然，在《塔拉集》中留下了广泛而又悲痛的回声，并引发了她的宗教信仰危机。虽然她自称是百分之百的基督徒，耶稣的名字也的确在诗句中反复出现，但她是把宗教作为一种道德标准来对待的，她追求的是一种社会的民主和人类的博爱。此外，她对佛教和东方哲学也产生过比较浓厚的兴趣。在对待命运和死亡的态度上，加布列拉·米斯特拉尔不同于达里奥和乌纳穆诺，也不同于圣特莱莎和圣胡安·德·拉·克鲁斯，他们要么是紧紧地抓住现实生活不放，要么是渴望尽快到上帝面前去领略静修的快乐。米斯特拉尔的态度是矛盾的，她既不相信死是生命的终点，却又认为它是"现实我"的结束和消亡。她相信，或者说她希望，死后能在某个星球或某个角落里与自己的情人相会，在那里能逃脱人们的眼睛。她认为在睡梦中能做到这一点，这便是类似呓语般的诗句的来源。然而《塔拉集》中的诗篇也并非都是隐晦的，像《神圣的记忆》《饮》《我们都该是女王》等诗篇，都是感情深沉、格调明快的佳作。

《葡萄压榨机》于1954年发表，其中收录的大多是第二次世界大战期间以及战后的作品。战争给诗人带来极大的痛苦。她对野蛮的战争充满了仇恨，为了和平事业而大声疾呼。当纳粹集团大规模屠杀犹太人时，她愤怒谴责"希特勒使德国丧失了部分宝贵的精神财富，这是无法用物质来估量的损失"。她从自己隐居的地方对世界各地的被压迫者、对战争中失去双亲的孤儿和集中营里的受难者表示了深切的同情和积极的声援，这使得希特勒和墨索里尼大为恼火。二战以后，她积极参加保卫和平运动，为维护妇女和儿童权益而四处奔走，在外交活动中坚决反对帝国主义的侵略行径。这一切使她的思想感情产生了明显的变化，她更加同情广大的劳动人民，因而创作了像《工人的手》和《织布机的主人》这样的作品。

就在《葡萄压榨机》发表的第二年，米斯特拉尔的健康状况急剧恶化，到1956年，她几乎已经不能进食。她患有糖尿病和动脉硬化，而最终夺去她生命的是胰腺癌。1957年1月10日凌晨，她在纽约的医院里逝世。联合国当天就召开了特别会议，为她举行了隆重的追悼仪式。她的遗体由智利大使护送回国，当时安葬在圣地亚哥公墓。1960年1月23日按照她生前遗愿，将她重新安葬在故乡蒙特格兰德的山坡上。墓前的石碑上刻着：

灵魂为躯体之所作
　　正是
艺术家对人民之所为。

编译者　赵振江
改于2015岁末

散　文

女教师的祈祷

致塞萨尔·杜阿茵

主啊，你曾执教，请原谅我现在也执教；原谅我有教师的称号，因为你乃天下之师。

请赋予我对学校唯一的爱；即使美枯焦了也无法夺走我时时刻刻对她的柔情。

导师啊，让我的激情经久不衰，让颓唐顷刻即逝。请剔除我心中对正义不纯的欲念吧，它使我至今无所适从；请剔除我心中那反抗的狭隘的暗示吧，当有人伤害我时，它会涌上心头。不要让我因不懂而痛苦，也不要让我因忘却所教事物而悲伤。

让我成为母亲中最好的母亲，这样我便能像她们一样，热爱并保护那不是"亲骨肉的亲骨肉"。让我的女孩儿们当中的一个成为我最完美的诗句，当我不再歌唱时，我将把凝聚在她身上的最动人的旋律留给你。

将你的教义的现时可能性指示给我，让我敢于时时刻刻为它而斗争。

给我民主的学校以光芒，将它洒在赤脚的孩子们围成的圆圈上。

让我变得坚强，尽管我是个无依无靠的贫穷女子；让我敢于蔑视一切不纯洁的势力，敢于蔑视一切对我生命的压迫，只要它违背你燃烧着的意志。

朋友啊，请陪伴我！支持我！多少次只有你在我身旁！每当我的主张最纯真、我的真理最炽热的时候，世人便离开我；那时，你便使我饱尝孤独与失落的心情紧紧贴在你的心上。我寻求的只是你温柔、赞许的目光。

给我朴实与深邃，使我摆脱日常教学中的烦琐或平庸。

每天，当我走进校门时，让我从心灵的创伤中抬起头来。不要把渺小的物质追求和每时每刻卑微的痛苦带到办公桌上。

处罚时，让我的手轻轻落下；抚摩时，让它变得更加温柔；教训时，要语重心长，使人明白我是为了爱而纠正他！

让我使自己砖垒的学校具有崇高的精神。让我热情的火焰笼罩它贫穷的门厅和简陋的课堂。让我的心灵变成它的支柱，让我高尚的意志变成它的财富，让它们胜过豪华学校的支柱和财富。

最后，通过维拉斯克斯①苍白的画布，让我记住，在世界上教人们强烈地去爱，就是带着刺穿伦格纳斯②肋部的矛头抵达生命的尽头。

---

① 维拉斯克斯（1599—1660）是西班牙著名宫廷画家，又译为维拉凯维支。
② 伦格纳斯是古希腊晚期学者，曾在雅典开设学校，有"活图书馆"的美称。后来去东方帕尔米拉宫廷，为女王珍诺比娅之师。因建议女王抵抗罗马，战败后被处死。

母亲的诗

致堂娜路易莎·F.德·加西亚·维多夫罗

他吻了我

他吻了我，我变了样：心跳的速度成倍地增长，从我的气息中可以嗅到另一种气息。我的腹部和心灵同样高尚……

我甚至在自己的呵气中闻到花的馨香：这一切都由于他在我的体内温柔地留下了那种东西，像露珠儿落在草上！

他是怎样的人？

他是怎样的人？我曾长时间注视一朵玫瑰的花瓣，愉悦地抚摩它们，我愿他的脸庞也这般温柔。我曾抚弄过一团黑莓，愿他的头发也这般油黑、卷曲。然而如果他被晒成棕色，像制陶工人喜爱的红色陶土那样丰富，如果他的头发平直，像我的生活一样简朴，都无关紧要。

此时此刻，我注视着山峦的错落，当云雾迷漫时，我用云雾塑造出一位温柔至极的少女的身影，他或许该是这样。

然而，我尤其喜欢他用甜蜜的目光看着我，喜欢他用颤抖的声音和我说话，因为我希望来者就是我所爱的那个想吻我的人。

明智

现在我明白了在二十个春秋中，阳光为什么照耀我并使我能到田野上采集鲜花。在最美好的日子里，我常常扪心自问，为什么将温暖的阳光和清新的花草这样美妙的礼物送给我？

阳光照耀我，宛似照射蓝色的花束，是为了赢得我将献出的柔情。它在我的心底，将我的血液一滴滴酿造，这是我的美酒。

我曾为他祈祷，为了以上帝的名义，将我的泥土转送给他，让他去塑造自身。当我带着心灵的震颤为他朗读一行诗，美便像一团火一样焚烧了我，因为他从我的肉体上采集了自己永不熄灭的火焰。

柔情

为了我怀中抱着的熟睡的婴儿，我的步履轻盈。自从我心怀这一奥秘，我整个心都变得肃穆。

我的声音轻柔，好像是在悄悄诉说爱情，那是我害怕将他惊醒。

现在我的眼睛从人们的脸上寻找他们心灵深处的痛苦，以便使别人看到并理解，我的面颊为何这般白皙。

我轻轻地在草丛中探寻何处有鹌鹑筑巢。我蹑手蹑脚，悄悄地走在田野上。现在我确信，树木和万物都有自己的孩子正在睡觉，它们则正躬身守护在孩子的上方。

祈求

不！上帝怎么会使我的乳房干枯，既然恰恰是他拓宽了我的腰身？我感到自己的胸脯在增长，宛似水面在宽阔的池塘上默默地升高。松软的乳房将宛似承诺的影子投映在我的腹部。

倘若我没有乳汁，那么在这条山谷中还会有谁比我更可怜？

像女人们用杯子收集夜间的露水一样，我将自己的胸脯摊在上帝面前，我给他一个新的名字，我称他为"注入者"，并向他祈求生命的琼浆。我的儿子将出世并如饥似渴地寻找。

敏感

我已经不在草地上玩耍，怕和姑娘们打秋千。我已是挂了果实的枝头。

我很弱，当我去花园时，连玫瑰的芳香都会驱散我午休时的睡意。随风飘来的歌声或夕阳在天空中的最后一搏所淌下的血色都会使我魂飞魄散，沉浸在痛苦之中。今晚，哪怕是我族人的一瞥目光，只要是严酷的，都会使我死去。

永恒的痛苦

如果他在我体内不舒服，我便脸色苍白；他在深处受到挤压，我便痛心疾首，只要这个我看不见的人儿一动，也许我就会死去。

但是你们别以为只有我怀他在腹内时，他才与我息息相关，血肉相连。当他自由自在地走路时，尽管他离我很远，吹着他的狂风也会使我肌肤疼痛，他的呼吸也会从我的喉咙里发出。儿子啊，我的泪水和微笑，总是先从你的面庞出现。

为了他

为了他，为了那宛似绿草下的小溪一样睡着的孩子，请你们别伤害我，别叫我操劳。请原谅我的一切：对备好的餐桌的不满和对噪音的仇恨。

当我将他放在襁褓中时，你们会向我诉说家中的痛苦、贫穷和劳累。

不管你们抚摩我的前额还是胸脯，他都会在那里并发出一声低吟，作为对伤害的回答。

平静

我已经不在路上走了；我对自己宽宽的腰部和深深的眼窝感到羞涩。请你们把花盆放到我身旁，请长久地演奏西塔拉琴①；为了他，我要沉浸在美中。

我在睡着的人身上诉说永恒的诗行，我在走廊里采集强烈的阳光。我要使自己像水果一样，让蜜汁渗向我的内脏。我要让松风吹拂自己的脸庞。

阳光和风在洗涤我的血液并使其颜色更浓。为了使它净化，我不仇恨、不抱怨，只是爱！

在寂静与和平中，我编织着一个躯体，一个奇迹般的躯体，他有血脉，有脸庞，有目光，有纯洁的心。

小白衣

织小袜，裁尿布，我要亲手做这一切。他将从我的内脏中出世，他将能辨认我的温馨。

① 西塔拉琴，一种有三组九根弦的古老乐器。

绵羊柔软的茸毛：今年夏天人们为了他而将你剪下。一月的月光使它更加洁白，绵羊用了八个月使它更蓬松。它没有刺儿菜的针，也没有黑莓的芒。我的宝贝的羊绒是这般柔软，他就在那里睡觉。

"小白衣啊，他在通过我的眼睛注视着你们，并且在微笑，想象着你们是多么柔软……"

大地的形象

从前我没有见过大地真正的形象，大地的身姿犹如怀抱自己孩子的妇女（用粗大的双臂抱着她的婴儿）。

我渐渐明白万物母性的含义。凝视着我的山脉也是母亲，傍晚时分，雾霭有如孩童，在她的肩膀和膝头嬉戏……

现在我忆起了山谷中的一条沟壑。一条小溪唱着歌，沿深深的河床流淌，荆棘丛生的悬崖更使人看不见它的身影。我就像那条沟壑，觉得这条小溪就在我的心底歌唱，我把身体献给小溪，让它登上悬崖，奔向光明。

致夫君

夫君啊，别抱紧我，你使他像水中的百合一样，从我的内脏深处升了上来。请让我像平静的水面一样。

爱我吧，现在要更多地爱我！我是那么弱小！可我会在人生旅途中使你变成两个人。我是那么可怜！可我会给你另一双眼睛，另一张嘴，你将用它们享受世界之乐；我是那么娇嫩，可是为了爱情，我会像一只细颈花瓶那样打开，使生命的琼浆溢出。

原谅我！我走路时，给你斟酒时，都很笨拙；然而正是你使我这样臃肿，正是你使我在行动时怪模怪样。

你要比任何时候都更加温存。别再迫不及待地翻腾我的血液，别搅乱我的呼吸。

如今我只是一幅薄纱；我的整个身体是一幅薄纱，下面睡着一个婴儿！

母亲

母亲看我来了；她坐在我身旁，有生以来我们头一回像亲姐妹似的谈起那件可怕的事情。

她颤抖着摸摸我的肚子并小心翼翼地让我露出胸脯。她的双手一碰，我的内脏便宛似绿叶一样温柔地敞开，汁液的激流涌上我的乳房。

我的脸红了，心里千头万绪，我向她诉说了自己的痛苦和肌体的恐惧，我伏在她的胸前；我又成了在她的怀抱中哭诉生活中的恐惧的小姑娘。

告诉我，母亲

母亲，将你早年体验的痛苦都告诉我。告诉我那小家伙怎样生成，怎样出世，此时此刻他正在搅动我的内脏。

告诉我，他会自己寻找我的乳房吗？还是要我主动地献给他、挑逗他？

母亲，把爱的学问告诉我。教给我更新的抚摩方式，轻柔的，比丈夫的抚摩更加轻柔。

接下来，我怎样洗他的小脑袋？怎样做才会一点儿不伤害他？

母亲，教给我那首摇篮曲，你曾在摇动我时唱着它。那首歌会使他睡得更甜美。

黎明

我整夜都在受苦。为了献出它的礼物，我的肌体整夜都在震颤。我的两鬓渗出了汗珠；不过那不是死亡，而是生命！

主啊，现在我把你称作"无限的温柔"，请你让他轻轻地坠落。

让他出世吧，让我痛苦的呼声冲向黎明，伴着鸟儿的啼声！

神圣的法则

都说我肌体中的生命减弱了，说我的血管像葡萄压榨机一样向外流淌：在长长的叹息之后，我只觉得胸部的轻松！

我自问："我是何许人，怀中会有个儿子？"

我自答："是他爱的女人，当接受亲吻时，他的爱曾要求永恒。"

抱着这个儿子，让大地注视我，祝福我，因为我已在繁衍，像棕榈一样。

最悲伤的母亲的诗

被逐

母亲说，今晚就把我撵走。

夜是温和的；借着星光，我能走到邻村；可孩子要是在这时候出生呢？或许我的抽泣唤醒了我，或许他要出来看看我的脸庞。他会在寒冷的空气中颤抖，尽管我遮盖着他。

你不该出世 *

孩子，你为什么要出世呢？虽然你很漂亮，可谁也不会爱你。孩子，虽然你像别的孩子一样惹人喜爱地微笑，就像我是你的小弟弟一样，可除了我以外，谁也不会吻你。孩子，虽然你抖动着小手寻找玩具，可除了我的乳房和那一串泪珠以外，你什么也找不到。

---

* 一天下午，我在特姆科可怜的街上漫步，看见一个村妇，坐在草棚门口。她就要临盆了，脸上现出极痛苦的表情。一个男人从她面前走过，向她说了一句粗话，使她涨红了脸。那时，我感到了对女性的全部关怀，感到了女人对女人的无限同情。我边走边想："她是我们中间的一个，她应该说出（既然男人们从来不说）这美妙而又痛苦的感受之神圣。如果艺术的职能是在无限的同情中美化一切，我们为什么不在不纯者面前使这种现象得到净化呢？"于是，我几乎是怀着宗教的目的，写下了这首诗。女性中的某些人，为了贞节不得不在残酷而且致命的现实面前闭上眼睛，她们将这些诗篇变成了庸俗的评论，这使我为她们悲哀。她们甚至暗示将这些篇章从书中去掉。

在这部个人的作品中，在我个人的眼中，它正是由于个性而显得渺小，这些富有人情味的篇章或许是完美生命的唯一的赞歌。难道该把它们去掉吗？

不！它们就在这里，我将它们献给这样的女性：她们能够认识到"生命的神圣起源于母亲，因而母亲是神圣的"。她们满怀深深的柔情，正是有这样的柔情，一个女人才会在家乡哺育别人的孩子，才会关注世上所有孩子的母亲。——作者注既然那使我怀孕的人，从感到你在我腹中存在的时候起就开始恨你，你何必要出生呢?

　　然而，你出生了。孩子，你是为了我而出生的，为了孤独的我，就连他紧紧地抱着我的时候，我也是孤独的!

忆母亲

母亲：在你腹部的深处，我的眼睛、嘴和双手悄悄地长成。你用最富有营养的血液浇灌着我，宛似雨露滋润着风信子藏在地下的根。我的感官都是你的，是向你的肌体的借贷，我凭着它而漫游世界。所有射进并闪烁在我心中的大地的光泽都会将你赞颂。

*

母亲：我在你的膝盖上长大，宛似茁壮枝头上的果实。你的膝盖至今还留着我身体的形状，另一个儿子也没有将它抹去。你多么习惯摇晃着我啊，当我在路上跑时，你站在那里，站在家里的走廊上，似乎为感觉不到我的重量而悲伤。

母亲：在"第一乐手"所演奏的百首旋律中，没有任何一首比你的摇晃更温柔，我心灵中的乐事无不与你的手臂和膝盖的摆动融合在一起。

你一边摆动，一边歌唱，那些诗句都是俏皮的语言，都是你宠爱的借口。

在这些歌曲中，你给我罗列地上的万物：山丘、果实、村镇、田间的小动物，好像为了让你的女儿在世上落户，你给她介绍家里的成员，这是多么奇怪的家庭啊！她已经是其中的一员了。

*

这样，我渐渐熟悉了你严峻而又温柔的天地：每一个名称，孩子们都是跟你学的。老师们只是在后来才使用这些你早已教会的美丽的名称。

母亲，你渐渐让我接近那些不会伤害我的纯真的东西：园子里的一叶薄荷，一块彩色的石子；而我在它们身上感受到了小伙伴的友情。你有时给我买玩具，有时给我制作玩具：一个洋娃娃，她的眼睛像我的一样大，一个很容易拆掉的小房子……不过你不会忘记，我不喜欢没有生命的玩具：对我来说，最美的玩具就是你的身体。

*

我抚弄你的头发，像玩着光滑的水丝，抚弄你圆圆的下巴、你的手指，我将你的头发编起来又拆开。对你的女儿来说，你垂下的脸庞就是世界上的全部景观。我好奇地注视着你迅速眨动的眼睛和你碧绿的眸子中的闪光；母亲，还有当你痛苦的时候，那经常出现在你的脸庞上的奇异的表情！

的确，我的整个世界就是你的脸庞；你的面颊，宛似蜜色的山冈，痛苦在你的嘴角刻下的纹络就像两条小小的柔和的山谷。我注视着你的头，记住了形象：你的睫毛如同小草的颤抖，你的脖颈像植物的茎，而当你俯身向我时，便会皱出一道充满柔情的褶痕。

当我已经会拉着你的手走路时，便去认识我们的山谷，紧紧地贴着你，就像你裙子上的一条活的皱褶一样。

*

父亲们都忙得不可开交，无暇领着子女出去散步或爬坡。

我们更是你的子女；我们依然纠缠着你，就像是杏仁待在封闭的杏核里一样。我们最喜欢的天空不是那个充满了亮晶晶的寒星的天空，而是另一个，是你眼睛的天空，眼睛离得那么近，当它们哭泣的时候，我们可以吻吻。

父亲在生活的疯狂中勇敢地闯荡，我们对他的生活一无所知。我们只看到他傍晚归来，常常把一小堆干果放在桌子上，看见他交给你那些为全家做衣料的粗棉布和法兰绒，你就用它们给我们做衣服穿。然而，给孩子们剥开干果并在炎热的中午哄他们睡觉的都是你啊，母亲。将法兰绒和粗棉布裁成小块儿，再把它们做成可爱的、孩子们怕冷的身体穿着正合适的衣服的也是你啊，穷苦的、至亲至爱的母亲！

孩子们已经会走路了，而且会像收集彩色玻璃球儿一样地收集语汇了。那时你便在他的舌面上放上一句轻轻的祈祷，这句话从此就留在那里，直至我们生命的最后一天。这句话是那样纯朴，就像百合的剑形叶片一样。用这么短的话，我们能要到在世界上舒适而又透亮地生活所需要的一切：要每天的面包，说人们是我们的兄弟，并赞美上帝的坚强的意志。

这样，它不仅为我们展示了犹如铺开的棉布一样充满形态和颜色的大地，而且也使我们认识了隐藏着的上帝。

*

母亲，我是个悲伤的女孩儿，孤僻的女孩儿，像白天躲起来的蟋蟀，又像绿色的、喜欢沐浴阳光的蜥蜴。你常常为女儿不像别的孩子一样玩耍而难过。当她在家里的葡萄架旁与弯弯曲曲的藤蔓，与一棵苗条、俊秀的像一个惹人喜爱的男孩一样的巴旦杏树说话时，你常常说她在发烧。

此时此刻，她又这样与你说话，可你不回答她；倘若能看见她，你一定会用手摸着她的前额，像那时一样地说："孩子，你发烧了。"

*

母亲，在你以后，所有来教我们的人，都用很多的话才能教你用很少的话教给我们的东西：他们会使我们的听觉厌烦，抹杀我们"享受"听故事的快乐。你的女孩儿舒舒服服地待在你的胸脯上，轻轻松松地学习。你对女儿进行教育，就像献出金色蜂蜡似的爱心；你从不勉强开口，所以总是从容不迫，你是在向女儿倾诉衷肠。你从不要求她安安静静、规规矩矩地坐在硬板凳上听你说话。她往往是一边听你说话，一边玩着你上衣的花边，或者是袖子上的螺钿纽扣儿。母亲，这是我所体验过的唯一令人愉快的学习方式。

*

后来，我成了一个姑娘，而后又成了一个女人。我独自行走，不再依偎你的身躯，我知道所谓的自由是一个并不美的事物。我看到自己的影子透射在田野上，难看而又悲哀，旁边没有你小巧的身影。我说话也不再需要你的帮助。我多么想还像从前那样，每一句话都有你的引导，好让我说的话成为我们俩共同编织的花环。

现在我闭着眼和你说话，忘却了身在何处，好不必知道自己是在那么遥远的地方；紧紧地闭着眼睛，好不去看你的胸脯和我的脸庞之间隔着一片如此辽阔的海洋。我和你说话，宛如摸着你的衣裳；我微微张开双手，觉得你的手被握在其中。

我已经告诉过你：你把身躯借给了我，我用你为我造就的双唇讲话，用你的眼睛观赏神奇的土地。你同样通过它们看见热带水果——沉甸甸的菠萝和光闪闪的甜橙。现在你用我的眼睛观赏不同山峦的景色，它们与那座光秃秃的山是多么不同啊，你正是在那里养育了我！你通过我的耳朵倾听这些人的谈话，他们的口音比我们的更柔和，你会理解他们，爱他们；有时你也会为我而难过，当思乡的念头像一块烫伤似的折磨着我，睁大眼睛，在墨西哥景色中什么也看不到。

　　＊

在今天和所有的日子里，我都感谢你给了我收集大地上的美的能力，就像用双唇吸水一样，也感谢你赋予我那痛苦的财富，我的心灵深处能承受痛苦并不会死去。

为了相信你在听我说话，我闭上了眼睛，并将这清晨抛到脑后，因为我想到你那里正是傍晚。至于其他的事情，由于无法言传，我就不再说了……

痴情的诗篇

我在哭

你说你爱我，而我在哭。你说要抱着我走过世界所有的山谷。

你用意想不到的幸福刺伤了我。你本来可以像给病人喂水一样，一点一滴地给我，然而你却让我在激流中暴饮！

我倒在地上，在灵魂领悟之前，我不会停止哭泣。我的感觉、面孔、心灵都聆听过，灵魂还是不曾领悟。

神圣的傍晚消逝了，我将扶着路上的树干，踉踉跄跄地回家……这是我上午踏出的小径，我将认不出它。我会吃惊地望着天空、山谷、村里的屋顶，我要问它们叫什么名字，因为我忘记了平生的一切。

明天我将坐在床上，并请求人们呼唤我，为了听到我的名字，也为了相信这一切。我会重新痛哭起来。你用幸福刺伤了我。

上帝

现在请和我谈谈上帝，我一定会理解你的话语。

上帝就是在我的目光上凝滞的你的漫长的目光，就是这无须语言的介入而对你的理解。上帝就是这么炽热、纯洁的奉献和难以言表的信任。

他像我们一样，热爱黎明，热爱正午，也热爱夜晚，他像我们俩一样，觉得开始在爱……

除了自己的爱情，他不需要别的歌，从叹息到抽泣，他一直唱着这首歌，然后又是叹息……

上帝就是在落下第一片花瓣之前的盛开的玫瑰的完美。

上帝就是这神圣的真实，对他来说，死亡是谎言。

是的，现在我理解了上帝。

人际

人们说："他们没有爱，因为他们没有互相寻觅。他们没有亲吻，她还是纯贞的。"他们哪里知道我们只是一瞥目光中互相倾慕！

你我的工作相距甚远，我的座位并不在你面前。然而当我做自己的工作时，似乎在用羊毛的网将你套住，而你在远处会觉得我的目光投向你垂下的头。你的心会被柔情搅碎。

白昼逝去，我们将有片刻的相会，但爱的创伤会支撑我们到另一个傍晚的降临。

只是在欢乐中翻腾而并未真正结合的他们，哪里知道我们只是由于一瞥目光便结成了眷属！

人们在谈论你

人们向我谈论你，用无数的话语使你淌血。人们为什么使自己的舌头无谓地疲劳？我闭上眼睛，在心灵中注视着你。你，像清晨睡在玻璃上的霜花一样纯洁。

人们向我谈论你，用无数的话语将你颂扬。人们为什么使自己的舌头无谓地疲劳？……我保持沉默，那颂扬从我的心中升起，光彩夺目，像从海上升起的云朵一样。

另一天，人们不再提起你的名字，而是狂热地赞美另一些名字。那些奇怪的名字落在我的头上，纷纷夭折了。而你的名字，虽然无人提起，却宛似春光，笼罩着整个山谷，尽管无人将它歌唱。

将我藏起来吧

将我藏起来吧，让世界不知我在哪里。将我藏起来吧，就像树干隐藏自己的汁液，让我在阴影中使你洋溢着芳香，宛似滴滴树胶一样，我用它使你变得温柔，而其他人不知道你的柔情来自何方……

没有你，我会丑陋，像植物被连根拔起，像根被抛弃在地上。

为什么我不像被封闭在核中的杏仁那样小？

让我化作你的一滴血，那样我会升到你的脸庞，我在那儿会像葡萄叶片上的色彩一样鲜艳。让我化作你的气息，那样我会在你的胸中跳动，在你的心上攀缘，我将出来，再从大气中回去，一生都将做这种游戏。

四瓣花

在一段时间内，我的灵魂是一棵树，有百万个鲜红的果实挂满枝头。那时只要看我一眼，就会使人感到充实；只要听一听上百只鸟儿在我枝杈间的歌声，就会令人深深地陶醉。

后来，我的灵魂成了一株灌木，繁茂的枝条压得它直不起腰来，但依然能溢出芳香的汁液。

现在，它只是一朵花，一朵四瓣的小花。一瓣叫美，另一瓣叫爱，它们紧紧地连在一起；第三瓣叫痛苦，第四瓣叫怜悯。就这样，一瓣接一瓣地开放，最后将一瓣也不剩。

四片花瓣的底部有一滴血，因为对我来说，美是痛苦的，爱只有忧愁，怜悯从创伤中产生。

你，当我的灵魂是大树的时候，就已经了解我，但却姗姗来迟，黄昏时分才来找我，或许从我身边经过时已经认不出来。我将在灰尘中默默地望着你，通过你的面孔，我会看出一朵朴实的花能不能使你满足。这朵花是那么渺小，就像一滴泪珠一样。如果我从你的眼中看到雄心，我将让你去寻找别的花，她们现在正是大树。

因为今天我在灰尘中的伴侣只能是朴实至极的人，他要安于这一缕微弱的光辉，他的雄心要彻底泯灭，脸要永远贴着我的土地，忘却世界，将双唇置于我的脸上。

魂 影

傍晚，请你到田野上去，把脚印给我留在草地上，因为我在跟随着你。你要沿着习惯的小路，走到金色的杨树林，从那儿再到紫色的山上。你要边走边将自己献给周围的事物，抚摩一棵棵的树干，当我走过时，它们好好把你的抚摩还给我。你要在泉水中照一照，让泉水将你的脸庞保留片刻，直到我从那里经过。因为在人类的世界上，我再也无法见到你。

如果死神降临

倘若你受到伤害，只管叫我。从你所在的地方叫我，哪怕是从那耻辱的床上。我会去的，哪怕平原上芒刺林立，直到你的门前。

我不愿任何人，甚至连上帝也不让你的头舒舒服服地枕在枕头上。

我保存自己的身躯，以便为你的坟墓遮蔽雨雪。我的手将放在你的眼睛上，以便使它们看不到可怕的黑夜。

艺术篇

致马丽亚·恩里克塔

美

一首歌是世间万物给我们打开的一个爱的创伤。

粗俗的人，对你来说，只有女人的腹部，女人的肉体，才会使你痴迷。我们同样痴迷，我们接受世间一切美的刺激，因为对我们来说，缀满繁星的夜空就是强烈的爱，它与对肉体的爱没有什么两样。

一首歌是我们对世间的美的一个回答。我们是以无法抑制的震颤来做出这种回答的，这震颤与你面对裸露酥胸时的震颤没有什么两样。

为了以热血回报美神的抚摩，为了回答她无数次的召唤，我们比你更心急如焚。

艺术家十戒

一、爱美，因为美是上帝在人间的投影。

二、没有无神论的艺术。即使你不爱造物主，也无法否认你和他进行着相似的创造。

三、不要将美当作感官的饲料，而要使它成为灵魂的天然食物。

四、艺术不是你纵欲和虚荣的借口，而是神圣的事业。

五、不要到集市上去寻求美，也不要将美带到集市上去，因为美是贞洁少女，她不会在那里出现。

六、美将从你的心灵升华为你的歌唱，它首先会将你本人净化。

七、你的美又叫作同情，它使人的心灵得到安慰。

八、像孕育婴儿一样创造你的作品，要花费千日的心血。

九、美不是使你沉醉的鸦片，而是点燃你行动的慷慨的琼浆，因为如果你不再是男人或女人，也就不再是艺术家。

十、对一切创造都应该感到惭愧，因为它总是低于你的梦境。

修女胡安娜·伊内斯·德·拉·克鲁斯剪影

（学习心得片段）

她出生在内潘特拉，两座火山①为她描绘着家乡的景色；它们为她溢出了清晨并为她延伸着傍晚。不过，是那轮廓完美的伊斯特拉希瓦特尔，而不是圆锥形的波波卡佩特尔，影响着她的气质。

内尔沃②说，那个村镇的气氛特别爽朗。她畅饮着高原大地的和风，这使她的血液更加流畅，目光更显羞涩，使她的呼吸变成一种轻松的陶醉。这是一种柔和、美妙的风，宛似冰雪融化的涓涓细流。

风度翩翩

高原的光辉使她眯起那双大眼睛，将广阔的地平线尽收眼底。为了适应那精细的氛围，天赐的苗条使她在走路时宛若自动反射的阳光。

她的村庄没有浮云的缥缈；同样，在她肖像的双眸中，既没有梦幻的空虚，也没有激情的困扰。在高原的明亮中，这双眼睛看到的是生灵和万物与纯洁环境的超凡脱俗。在那双眼睛的后面，思想也一定会有极清晰的脉络。

鼻梁和她的情感一样精细。嘴不悲不喜；充满自信；无论在嘴角

---

① 即后文说的伊斯特拉希瓦特尔和波波卡佩特尔，这是墨西哥城周围最著名的两座活火山。

② 阿马多·内尔沃（1870—1919），墨西哥诗人。

还是在双唇之间，都没有使她困惑的冲动的痕迹。

椭圆形洁白的面庞，优美清晰，像去了皮的杏仁一样：苍白的脸色将乌黑的眼睛和头发衬托得异常美丽。

纤细的脖子宛似修长的素馨；流过那里的血液不会黏稠，通过那里的呼吸也一定十分轻盈。

双肩小巧，而手呢，简直就是奇迹。从手上大概只能留下这样的印象，我们能通过她的手了解她的身心，那是贡戈拉①式的宛似诗一般的手……秀美异常的手放在黑色的桃花心木的书桌上。她研读的那些博大精深的巨著，早已习惯于老学究们发黄的、布满皱纹的手，而当这只水灵灵的右手放在上面时，它们一定会感到惊讶的。

看她走路应当是一种享受。她高高的个儿，甚至会使人觉得她太高了，并想起马尔吉纳的诗句："阳光长长地歇息在她的身上。"

求知欲

最初是个神童，在几周内偷偷学会了阅读；然后，是个令人迷惑不解的少女，就像光线一样机敏灵活，让曼塞拉总督高雅的食客们目瞪口呆。可怜的胡安娜！她不得不屈尊成为文人墨客们那令人厌烦的镀金的消遣。令他们更感兴趣的大概不是她的思想，而是她的美貌；然而胡安娜在那里，应付着他们心怀叵测的献媚。沙龙里的清谈不过是殖民时期生活——宗教裁判所、虔诚的宗教剧以及处心积虑的献媚取宠——那应接不暇的宴会上的又一道菜肴而已。胡安娜要回答咬文

---

① 路易斯·德·贡戈拉（1561—1627），西班牙黄金世纪的重要诗人，"夸饰主义"的代表人物。

嚼字的老家伙们用诗写成的令人生厌的信件，供他们消遣，还要在总督接见的过程中时而朗诵一首小诗，时而选择一段舞蹈。

后来，她成了博学的修女，在静修院天真甚至有点简单的世界里，她几乎是独领风骚。她的禅房很特别，书满四壁，桌上摆着地球仪和测量天体的仪器。

在这位伟大的贡戈拉式的修女身上，要说她的灵感像刮风一样，那不是真的；不能说缪斯在朝她的太阳穴上吹灵气。她的缪斯是精确，几乎令人莫名其妙的精确；她的缪斯仅仅是智慧，而不是激情。激情，或曰放纵，只以一种形式在她的生活中出现，那就是对知识的渴望。她想通过知识到达上帝那里。在造化面前，她既不惊讶，也不回避，而是点点滴滴地、方方面面地尽情享受。对闪烁的星星，她想知道个究竟。她的美妙之处在于科学并未将她引向唯理主义。

在诸多特征中，她有自己种族的特征：批判意识，有时是满怀热情，却又是不折不扣的明智。

头巾下的蜇刺

她的民族还有一个特征：嘲讽。她的嘲讽很细腻，很美，宛似一团小小的火焰，她用嘲讽游戏人间。

对嘲讽与粗呢长袍的结盟用不着奇怪，圣特莱莎也曾如此。这是她无形的盾牌，用来对付活动在她周围的如此紧张的世界。迟钝的修女们，常常怀疑这位才女，并总是在巨大书架的书籍中看到魔鬼伸出的角。她们忘记了其他杰出的禅房：两位名叫路易斯的西班牙人的禅房。不过，小小的金黄色的蜜蜂的蜇刺也会显得美丽，因为它既能蜇人也能酿蜜。

胡安娜的嘲讽无所不在，以至于从她的谈话、书信乃至诗句中无不流露出来。但玫瑰不是如此，柔媚的花瓣和尖刺是分开的。而这位修女却将尖刺放在了花心……

离群索居

她为何住进修道院?

一些人说，是由于一次爱情的教训；另一些人说，是为了保持她美妙的青春。或许并非如此而只是出于一种表示，就像有人扔掉一堆令人厌恶的东西，即沉重、粗野的尘世，而将双脚置于修道院洁白而又纯洁的岩石上。这样无论平民百姓还是王公贵族，他们贪婪的手臂就无法够到她。由于过分的敏感，她落落寡合。在她的态度中，美学多于神秘。

这后者，神秘的女性，并不是修女胡安娜；她的全部思想都浸透着基督精神，不过是在严格的道德意义上。神秘者，几乎总是，一半狂热，一半迷惘；宛似陷入燃烧着的令他如痴如醉云。她从未漫游过被某些人称作疯狂的国度——斯文登伯戈和诺瓦里斯的国度。神秘者认为直觉是开向真理的唯一窗口，闭上眼睛，不屑于分析，因为有形的世界是表面的世界。而修女胡安娜对知识如饥似渴，对她来说，仔细观察事物的周围是美好的。

修女胡安娜，真正的修女

最后的时期到了。一天，疲惫，天文学，星座徒劳的探索者；生物学，对生命精心而又失望的追寻者，还有神学，就是它! 它往往与唯理主义结亲。科学的领悟，想必会使她产生一种强烈的愿望，将禅房里靠墙而立的博学的书架统统撤去。

她想在禅房中跪下，与自己唯一的伙伴，绝望的肯皮斯①在一起，和自己对一切知识的爱的火焰在一起。

她像圣·弗朗西斯科②一样，热切地渴望卑微，她愿做修道院里卑微的工作，这或许是她多年来所拒绝的：擦洗禅房的地板，用她美妙的手去医治肮脏的疾病，也许基督在不动声色地注视着她。她还想做更多的事情：寻找苦行衣，她领略过鲜血流淌在受折磨的腰上的爽快。我觉得这是她生命中最美好的时刻；没有这个时刻，我或许不会爱她。

死亡

她染上了重病并进入了痛苦的领域。从前她对此一无所知，因此对世界的感受是残缺不全的。血液就是生命，血和泪的味道一样，是咸的，这就是痛苦。现在好了，睿智的修女使自己的知识完整了。

好像上帝在等候这完美的时刻，在等候果实的破裂，于是使她跌倒在地。在她吟咏抑扬顿挫的十四行诗的时候，在她满口十全十美的词句的时候，上帝不愿召唤她。只有当这位睿智的修女跪在自己的床上，当她抽搐的唇边只剩下简单而又可怜的"我们的圣父"的时候，上帝才来到她的身旁。

她超越了自己的时代，超越得那么多以至于令人瞠目结舌；她体验了当今许多男人和某些女人的经历：青年时代对文化知识的狂热；

① 肯皮斯（1379—1471）是德国神秘主义者。
② 圣·弗朗西斯科（1182—1226）是圣方济各教派的创始人。

然后，品尝脱落的科学之果的味道，最后是悔恨地追求一杯普普通通的净水，那就是基督永恒的卑微。

在内潘特拉果园中玩耍的天才的小姑娘；总督府中近乎神奇的睿智的少女；令人崇敬的博学的修女。但是比这一切都更加伟大的是那位修女摆脱了知识界的虚妄，忘却了名誉和诗句，在瘟疫患者的脸上收集了死神的气息。她死去并回到她的基督那里，宛似回到了至上的美，回到了平静的真。

少一些神鹰，多一些小鹿

对智利人来说，我们国徽上的神鹰和小鹿是具有非凡表现力的象征，它体现了精神的两个侧面：力量与风度。这种二重性本身，就使得它极难表现出来。它们相当于某些神谱中的太阳和月亮，或者陆地与海洋，是两种对立的因素，二者都是美德，但对于精神来说，却构成一个难以解决的命题。

无论在学校里还是在那些慷慨激昂的演说里，人们总是不厌其烦地强调神鹰的寓意，对它那徽标上的同伴，对那可怜的小鹿，却很少论及，连它生活的地理环境几乎都无人知道。

坦率地说，我对神鹰缺乏好感，归根结底，它不过是一种美丽的秃鹫。然而，我见过它在安第斯山上空漂亮地飞翔。但一想到它划出那伟大的弧线只是为了悬崖绝壁上的一块腐肉，心中的激情便破碎不堪了。我们女人就是这样，比人们对我们的想象要实际得多……

学校的老师向孩子们解释说："神鹰标志着一个强大种族的统治，体现了强者的自豪。它的飞翔是世间最美的事物之一。"

徽标滥用了猛禽的家族，在战争的标志中，有那么多的鸢、那么多的鹰，由于过多的重复，那钩嘴和铁爪已经说明不了什么。

我喜欢智利小鹿，为了更具特点，它连枝形的角也没有，对于教育家们不曾解说的小鹿，我大约会向孩子们说："小鹿是一种敏感而又细心的动物，它与羚羊是亲戚，这就说明它与完美有缘分。

"小鹿的力量在于敏捷。精细的感觉保护着它：锐利的听觉，全神贯注的水汪汪的眼睛，灵敏的嗅觉。它与自己家族的其他成员一样，往往不是用战斗而是用智慧来拯救自己，因为智慧使它具有难以形容的能力。它的嘴细小灵活，蓝色的目光搜索周围的树林；脖子是最纯洁的图画，两肋随着呼吸而伸缩，蹄子坚强，像银铸的一样。人们会忘掉它是动物，因为它倒更像一幅花的图案。它生活在灌木丛蔚蓝的光芒中，在它如离弦之箭的敏捷中也有光的闪烁。"

小鹿标志着一个种族的灵敏性：精细的感觉，富有警惕性的聪慧，洒脱的风度。这一切都是精神的防御，距离是看不见的，却很有效。

神鹰，为了美，必须在高空滑翔，彻底摆脱山谷；小鹿只要把脖子垂下水面，或高高仰起监视某种动静，就会成为完美的象征。

神鹰主动出击，将钩嘴啄进马背；小鹿借被动防卫以摆脱敌人，因为它能在百步之外就嗅到气味。在二者之间，我喜欢后者。能从甘蔗林后面观察动静的多情的眼睛，比一味从高空进行控制的残忍的眼睛好得多。

如果单单是小鹿，这象征或许太女性化，不宜表现一个民族的特征。在这种情况下，小鹿可以是我们精神的第一位的特征，是我们天生的脉搏，而神鹰则是紧急关头的跳动。在和平、晴朗的日子里，一切都应当是和平的，脸色、语言、思维都应当是温柔的，神鹰只能在极其危险的悬崖峭壁上空飞翔。

另外，对力量的象征最好不要夸张。在赞美国徽上的小鹿的时候，我想起了希腊人的桂树，既柔和又坚挺的叶子。桂叶之所以被选作象征，恰恰是因为希腊人是象征学的大师。

在我们的事业中，对神鹰炫耀得很多，我要说的是，现在应该炫耀一下我们所具有的其他东西了，我们对它们从未强调过。收集智利史上的友善举动就是很好的，这类事情的确很多；情同手足的事例充满了被遗忘的历史篇章。对神鹰的偏爱或许已经给我们造成了损害。将一个事物置于另一个事物之上是不容易的，但日久天长之后，可以做到。

有些民族英雄属于神鹰的范畴；同样，小鹿也有自己的代表人物，而现在是强调后者的时候了。

关于智利小鹿，动物学教授在下课时总是说："这是鹿的种群中已经消失的种类。"

这小小的动物在某个地理区域消失并不重要，重要的是羚羊目在智利人中曾经存在并将继续存在。

墨西哥素描

巨人柱 *

巨人柱宛如贫瘠的呐喊，旱地上充满渴望的语言。即使处在灌溉区的平原上，它也是郁郁寡欢的植物；固执的沉稳宛似痛苦的凝思。

大蜡烛般宛若直臂的形体，使它有了人性。当它孤独地挺立着，俨然是个在平原上修炼的骨瘦如柴的苦行者。身体四个侧面上的沟痕使它显得更加完美和谐。

巨人柱并非幸运的植物——如翠竹或白杨，它们的枝叶是"大地的欢笑"。它没有天生会颤动的鲜活树叶，也没有适合小鸟筑巢的三角形枝杈的温馨。

由于酷热，它那暗绿的颜色，在顶端略显发白。果实呈殷红色，名叫"碧达雅"。

巨人柱离群索居，甘于冷漠，孤寂地面对白云嬉戏的天空。

当它单独耸立时，颇为高贵；而排成长长的篱笆时，便显丑陋，带着几分家仆的悲哀并被路上的尘埃染上了些许白色。

想到它的奉献精神便使我对它满怀亲切之情。它守卫着印第安人

---

* 巨人柱是墨西哥常见的一种巨型仙人掌，高达十几米，其形如柱。它的名字在原文中有"管风琴"之意，也是针对其形状而言。

的果园，那古老的阿兹特克人的家产。它们簇拥着排成小小的方阵，为这不幸的种族守卫着小块土地。可从前这些人是整个大地的主人，而现在，他们几乎只剩下太阳，那是他们昔日的上帝，还有就是阵阵的清风，那是羽蛇①的气息。

顽强的巨人柱，坚忍的巨人柱，捍卫你们那古老的印第安兄弟吧！他们是那样温和，连敌人也不会去伤害，他们像你们一样孤独地挺立在山坡上。

龙舌兰

龙舌兰犹如大地的叹息，长吁一口，一道宽宽的垄沟。阔大叶片和锋利的尖端表明它浑身充满了力量。

我常把植物看作大地的情感：雏菊是她纯真的梦幻；茉莉是她追求完美的强烈愿望；龙舌兰则是刚毅的诗句，英雄的篇章。

它们出生成长在地表，脸贴脸地长在沟垄上，而不像巨人柱那样挺直向上；它们伸向四周，以孝子之情抚摩着垄土。

龙舌兰缺少下部的茎，那本是植物的精髓，使其更像是空中而不是大地的宠儿，并使其具有女性理想的秀颈。它全身犹如一盏坚实有力的酒杯，盛得下整个原野一夜的露水。

酷热使它没有野草那惹人喜爱的嫩绿。它那青紫色，到傍晚时分就显得更加浓郁。因此墨西哥风景中占主导地位的便是这龙舌兰种植园所形成的紫色斑块，宛似远山倾泻下来的紫罗兰。

龙舌兰对印第安人，犹如枣椰树对阿拉伯人，具有多种品德。宽阔

① 羽蛇是墨西哥阿兹特克人信奉的神，是天地合一的象征。

的叶片可盖屋顶；纤维有两种用途：坚硬的纤维可编织成印第安人背在背上的蜜色网具，也可编成结实的绳索；而那柔软的纤维便是人造丝。

还有，龙舌兰心脏上的"伤口"涌出的"蜜水"[1]，会凝结成冰糖。但是印第安人很不幸，正如帕斯卡[2]所说："他们需要忘掉自己的不幸。"正是那无辜的汁液变成魔鬼般的饮料，给他们以虚假的快乐，在他们的内脏激起狂热，使他们在同一种冲动中去爱恋或厮杀。

墨西哥的龙舌兰，不要把隐藏在你心中的痴迷赋予可怜的阿兹特克或玛雅印第安人，而要为他们提供千百张阔叶，为他们搭成慈母般的屋檐；要为他们的船只提供缆绳和风帆，让这些船只运去当地的物产，给异乡人带去富足。

当人们航行在太平洋上，去征服世界市场的时候，请你把优质纤维的柔情带给女子，让她们亲手编织嫁衣。不要再把五百年来被奴役的苦楚带在途中，也不要再把被征服的忧伤挂在脸上。

王椰树

王椰树比其他植物更直率地追求太阳：在阳光照耀下，比任何树木都更加陶醉。没有任何树干像它那样，绝妙的裸露着的树干沐浴着光明；中午时分，宛如一枝沾满炽热花粉的巨大雌蕊。

王椰树有如一只酒杯，那种秀颈颀长、顶端仅仅是个小小的水晶裂口的威尼斯酒杯。枝叶在高处形成宽阔的树冠，完美而又多情。风，在它那里快乐地听着自己的声音。有时，羽状的树叶相互撞击，

---

[1] 砍去龙舌兰的嫩蕊，挖一个洞，那里便源源不断地涌出汁液，味甘甜，称为蜜水，可做饮料，也可酿龙舌兰酒。
[2] 帕斯卡（1623—1662），法国著名哲学家、作家。

声音短促，宛似发自坚实有力、优雅可爱的船帆；有时，在清风中，像是数不尽的欢笑；有时，又充满妇人的窃窃私语，女性群体的悄悄话……当风儿静止时，王椰树微微摇摆，好像母亲在轻轻地摇晃婴儿（因为高高的树冠全然像母亲的怀抱一样）。

*

植物的一切形态都有人性。白杨象征着渴望；白蜡树和圣栎树宛似波阿斯和亚伯拉罕①式的族长，枝繁叶茂，派生出了许多植物的家族。王椰树的名字恰如其分，是从大地上耸立起的最纯洁的形象，是风景浮雕中最完美的杰作。

这热带无比湛蓝的天空伸展开来，仿佛只是为了充分描绘王椰树的优雅，只是为了使它那王者风范的线条更加清晰。

其他树木不该伫立在它身旁，即便是松树，在它身旁也显得有失风度；连那圣洁的南美杉也要略逊一筹。还应当清除它四周的灌木，因为它们会挡住视线，使人看不到那么高贵的树干如何拔地而起。

人们常常无礼地把王椰树种植在谷地和山坡；它应该生长在平地和高原，好统领周围的景色，让它那柔软的脖颈畅饮阳光。

且不说它的果实，有其馈赠于我们的蓝天下的身姿足矣；这圣洁的树，为报偿其占据的空间和饮用的清水，为我们提供了午后的阴凉，让我们坐在树下听它高声吟唱，愉快地观赏黄昏中在它后面渐渐变得苍白的流动的天空；它还使我们懂得，直线同它的姊妹——曲线

---

① 波阿斯和亚伯拉罕均为《圣经》中的人物，波阿斯是伯利恒人，是大卫王的祖父，亚伯拉罕被视为阿拉伯人的祖先。

一样，也是优美的。只要能在蓝天中勾勒出我们心中对渴望祈祷的正确态度，那么，就不管是高山还是人们纤细的臂膀，都没有这渴望的表情那么纯洁。

*

有人从大海里找到了一种精神的准则，也有人认为它凝聚在基础雄厚、巅峰耸立的山中。然而比高山更多情、比大海更朴实的王椰树不是这精神准则的真正的象征吗？

从它拔地而起时，就不像高山那样依赖大地，也不像高山那样骤然变小。它矫正了景色的粗野：繁茂的枝叶变成井然有序的整体，成为庄严肃穆的象征。蹂躏田野的粗暴的树丛，荆棘和扭曲而又不幸的灌木，在它秀丽的脖颈下也改变了模样。

在整个景观中，王椰树有如主宰着人类的雅典娜。

它的平和源于它的整体与完美（孕育了自己完美线条的生灵，可以心安理得地休憩了）。我们的眼睛同样可以在它身上休息，而不必去顾盼那些无用的繁枝杂叶。当我们以亲切的目光享受着它时，头脑会化作宗教的凝思。我们真愿意像它一样，只想奋飞，只有一个愿望，有如投枪，指向崇高的人生。

*

若没有那绿色的会唱歌的羽冠，王椰树或许是冷漠的；但树冠的欢快流淌在聚集的树干上，并使那舒展的树叶的和善，宛似在抚摩清风。王椰树好像一股思绪，不仅没有消失在树梢，反而变得纷繁起来，或者如同会爆发成千言万语的爱的久久的沉默。

*

古巴和墨西哥的王椰树，所有的诗人都吟咏它，所有的画家都描绘它。它们的摇曳会给被奴役的黑人和印第安人带来安慰：将他们的叹息淹没在自己不停的叹息中，免得被人听见。

墨西哥印第安人钟爱王椰树；在瓜达拉哈拉，人们把王椰树描绘在陶罐上，并把它带在身边；他们细腻纯洁的身影与王椰树有某些相似之处；也许王椰树用其身影将温柔注入了他们的秉性之中，印第安人的质朴，似乎是受了这庄严之树的熏陶。

王椰树像雅典娜一样，这女神不仅聪慧，而且还有用；其果实，即椰子，白色的内壳好像人的手掌，捧满颤动的汁液。果肉含油，这便使它如同兄弟的橄榄一样，成为真正的宗教之树。此外，从椰树干上很容易取出与其说是存在不如说是在流动的蜜水。

那果实焦黄成串，颜色似沙漠中的椰枣。椰枣凝聚着阳光，像嬉戏的孩子一样，风趣地落在树荫下休息的贝都因人的脸上。

美洲的王椰树堪称印第安人之神，犹如枣椰树是阿拉伯人之灵。它应当是仙女，信徒们一见它的身姿便想起涂油礼；它的手上充满减轻伤痛的油脂，而它身上痛苦地保存的蜜汁，则犹如欲言又止的爱的话语。

一个走遍世界各地的人，在其生命最后日子里可以说："我已见过世上最崇高的景观。同样，王椰树的浓荫曾落在我的脸上，而且我曾触摸它那永恒的脖颈。"

致墨西哥妇女

墨西哥妇女：哺育你的孩子吧，我们的民族就体现在他们的身躯和精神里。

你殷红的血，呈现出太阳的颜色，多么丰沛；你线条精致的身躯蕴藏着力量，表面却显得柔弱。你天生就是为了养育最勇敢的胜利者、组织者、工人和农民，人民在危急关头需要他们。

你端庄地坐在家中的走廊里，多么宁静，多么安详，有如倦怠；可实际上你那宁静的膝头比一支军队还有力量，因为你摇晃着的也许是你们民族的英雄。

墨西哥母亲，当有人对你说，有些女人挣脱了做母亲的负担时，你的眼中喷出怒火，因为你为做母亲而深感骄傲。

有人告诉你，要你像某些母亲那样，别再守候在摇篮边熬夜，别再熬干自己的血液给孩子喂奶，你对这样的劝诫不屑一顾。你从不拒绝在发烧的孩子身边度过千百个揪心的夜晚，你也不容许孩子去吮吸雇来的乳房。你给孩子哺乳，摇他入睡。为了寻求高尚的榜样，你从不去看本世纪那些疯狂的女人，她们在广场和沙龙跳舞胡闹，对自己的孩子漠不关心。你把目光转向古老而又永恒的榜样——希伯来和罗马的母亲。

让你的孩子快乐吧，因为快乐能使血液变得殷红，使肌肉变得温馨。和孩子一起歌唱吧，唱你家乡最甜美的歌。在孩子身边游戏吧，玩花园里的沙土，在澡盆的温水里嬉戏，带他到你那阳光明媚的高原的田野去吧。

有人说，你的纯洁具有宗教的美德，那也是一种世俗的美德，你的腹内养育了一个民族：众多的公民悄悄地从你的怀中诞生，就像你的祖国的清泉，源源不断。英雄有如鲜红的果实，你就像支撑果实的绿枝。

墨西哥母亲，你生长在美丽而又坚实的国土上：这里结出世上最美好的果实，长出柔软而又令人爱的棉花。可你是大地的同盟者，生育出儿女用勤劳的臂膀收获果实、采撷棉花。你与大地合作，因此，大地每天用晨光为你增辉。

墨西哥母亲，请为你的儿子大声疾呼，为那些不受欢迎的缰绳者索取他们的生存权利吧！为了他，你有权提出各种要求。为他要求阳光充沛、窗明几净的学校；为他要求快乐的公园；要求令人愉悦的画报、有教育意义的书籍和电影；要求得到法律方面的支持。这样，如果有什么事情玷污了你，贬低了你的生命，你可以诉诸法律，为你那卑贱地降生、屈辱地生活的非婚生子洗雪耻辱，使他们能和别的孩子一样；让法律保障你的工作，也保障你那些在工厂里被繁重的活计累得筋疲力尽的孩子的工作。

为此，你们会变得群情激愤，尽管依然严肃。你们的话语不会粗俗，甚至堪称圣洁。

墨西哥母亲，人们迟早会听见你们的声音。正义的人们——他们为数众多——会转过脸来望着你，因为你的尊严高过其他许多的尊严。当惠特曼看见你走过时，便在诗中这样唱道："我对您说，没有谁比人的母亲更伟大！"

墨西哥母亲，我母亲的姐妹，我爱你。你能绣出精美的花卉，织出蜜色的草席，为葫芦涂上鲜艳的色彩。你又如《圣经》中的女性，身着蓝色衣裙，穿过田间，为浇灌玉米地的儿子或丈夫送饭。

我们的民族将在你的儿子身上受到考验；我们将靠他们救赎，或为他们而丧生。上帝为他们安排的命运如此艰难，北方①的波涛拍打着他们的胸膛。因此，当你的儿子搏击或歌唱时，南方②的兄弟便将面向北方，既满怀希望，又惶恐不安。

墨西哥妇女：你膝头上摇晃的是整个民族，此时此刻，你的使命最伟大，也最崇高。

---

① 指北方邻国（美国）。
② 指墨西哥以南的拉丁美洲国家。

歌 声

一位妇女在山谷唱歌，掠过的阴影将她遮挡，但歌声使她挺立在田野上。

她的心碎了，像她今天傍晚在小溪的卵石上摔碎的水罐一样。但她依然在唱，从那隐蔽的窗口传出的一缕歌声，变得更纤细，也更强劲。在悠扬的曲调中，歌声被鲜血浸湿了。

由于每天都有人死去，田野里其他声音都已沉寂。刚才连那只落在最后的小鸟的啼啭也听不到了。她那不会死去的心，汇拢了一切已经沉寂的声音，现在她的歌声虽已变得高亢，但却始终甜美。

她是在为丈夫歌唱？暮色中丈夫正默默地望着她。要么，她是为孩子歌唱？孩子是那么迷人，使她减轻痛苦。或者，她只是为自己的心歌唱？她的心比黄昏时分孤独的孩子更加无依无靠。

这歌声使正在降临的夜晚变得慈爱，繁星带着人间的甜蜜在闪烁，布满星斗的天空变得通晓人情，理解大地的痛苦。

田野纯净得像月光下的水面，平原抹去白昼那龌龊的浊气，人们相互的憎恨。那女人依然在歌唱，歌声从喉咙飞出，越过变得高尚的白昼，朝着繁星飞升！

墨西哥印第安妇女的身姿

墨西哥印第安妇女婀娜多姿。她们大多长得秀美，但并非我们习惯的那种美丽。她们的肌肤并不是螺钿般的粉红色，而是黑黝黝的，宛若被太阳晒得焦黄的麦穗。眼睛闪着热烈而又温柔的光，面颊轮廓俊秀，前额就像女人应有的那样不高不低，嘴唇恰到好处，不厚不薄。说话声调柔和，带着一丝苦涩的韵味，好像喉咙深处总含有一大滴泪水。印第安女人很少肥胖的，身段苗条灵巧，头上顶着或腋下夹着水管，或者像背着水罐似的背着孩子。她们和丈夫一样，身上又生长着山冈的巨人柱所具有的纯洁。

披巾使她们的线条显得朴素，像《圣经》里的人物一样。披巾是狭长的，虽有许多大褶子，但并不使她们的身材显得臃肿，像一股宁静的水流从脊背和膝头流下去，尽头的流苏有如一股水花。美极了。为了显示它的魅力，流苏很长，编织得十分精细。

披巾几乎总是蓝色的，点缀着白色花纹，就像我见过的最美的彩蛋，但有时是色彩鲜艳的细条纹。

披巾将她们裹得紧紧的，就像芭蕉宽宽的新叶在展开之前裹着粗粗的主干一样。有时披巾从头部披下来。那不是多角的俏丽披巾，在女人的金发上扎一只黑蝴蝶；也不是热带地区那种大花毯似的绣花披巾。那披巾只是简朴地披在她们头上。

印第安妇女用披巾将孩子松松地绑上，舒舒服服地背在背上。她们还是尚未摆脱孩子的旧式妇女，用披巾裹着孩子，就像将胎儿裹在腹内一样，腹部就像用血液织成的又薄又结实的布。她带着孩子到星期天的集市。她叫卖时，孩子就在那里玩水果和闪闪发亮的廉价商品。和背上的孩子一起，度过漫长的日复一日——甘愿永远背着幸福的重担。尚未学会贪图自在……

裙子一般是黑色的。仅在某些地方，在炎热地区，裙子才像彩绘葫芦那样绚丽。为了便于走路，当她提起裙子时，裙子张开来，有如令人目眩的扇子……

她们的身姿宛似花朵的两种样式：宽形的，有大褶的裙子和绣着凸花的上衣组成，像盛开的玫瑰；另一种由筒裙和简洁的上衣组成，茉莉花的形状，以筒形为主。印第安妇女的身姿几乎总是这样完美。

她走啊走啊，从普埃布拉的山区和乌鲁阿潘的田园来到都市；她赤着脚长途跋涉，小巧的脚也不会变形（阿兹特克人认为，大脚是蛮族的标志）。

她走着，下雨时蒙着头；在晴天的阳光下，将黑黑的辫子系在头顶。有时用彩色毛线编织成夺目的鹦鹉式羽冠。

她站在田间，我注视着她。她具有的不是古罗马双耳细颈瓶似的身姿，臀部纤巧，像一只酒杯，一只瓜达拉哈拉的金色酒杯，面颊好像被炽烈的炉火舔过，那烈焰就是墨西哥的阳光。

经常走在她身旁的是她的印第安男人；宽宽的草帽，影子投在她肩上；她的衣衫雪白，有如田野上空的闪电。他们默默地走着，在那充满凝思的景色中前进；偶尔交谈几句，我虽听不懂什么意思，却听得出话语的甜蜜。

他们原先大概是个快乐的种族：像安置世间第一对男女那样，上帝将他们安顿在花园里。但是，四百年的奴役生活，就连他们的太阳的光辉和水果的颜色都暗淡了；他们道路上的黏土，本来柔软得像掉落的瓜瓢，现在也变得坚硬了……

诗人们没有讴歌过这些具有亚洲人特征的印第安妇女，她们像路得①那样善于劳作，由于常在禾垛上午睡，面庞黑黝黝的……

---

① 路得，《圣经·旧约》中的人物，摩押人，守寡后与婆婆来到伯利恒，后与波阿斯结婚，成为大卫王的曾祖母。

爱情书简

一

亲爱的朋友①:

正如昨天晚上我对您说过的那样，直到昨天我才收到您的信。我很高兴可以在商场远远地看到您，并且果真看到了您。

您的来信使我非常高兴，我非常珍惜它们。我在孤寂中总是想念您。我收不到信时，心中忍受着煎熬，做种种可怕的猜测，对未来苦苦思索。可是看到您费尽心机想和我单独会见，我心中感到十分难过。我以非常明显的、不可抗拒的理由拒绝了您。

在这一封信中我必须把我最后的决定告诉您。我非常清楚，您这种愿望的结果将是什么。可是，我不能欺骗您，不能让您对不可能实现的希望抱幻想。

您不必希望可以对我讲清在一封信中不能对我说的话，您也不必希望可以对我做出不曾做过的爱的表示。这是我对此最后的一席话。我可以预见，知道了我的决定之后，您会有什么样的决心。但是我不能改变决定。不必向您重申我的理由了，因为您已经非常明白。

您把我的拒绝归咎于我不太爱您，这很不好。虽然这对您来说并不重要，但我还是要对您说：不曾有，也不会有任何一个女人会像我

---

① 这封信是米斯特拉尔寄给庄园主阿尔弗雷多的。

这样，对您有这么坚定、这么巨大、这么忘我的爱。

从来没有哪位男子像您这样，使我忍受醋意的煎熬，叫我这样夜不能寐，使我心中充满无名的痛苦。

您什么全明白，您一刻也不怀疑我的爱；您说的与此相反的话是假的，带有别的目的。

我的爱不是那种轻易产生的、随便逝去的、疯狂的、无节制的激情。您大概看到了我有和一般女人很不一样的思想和感情。我再次告诉您：不会有另一个心灵会像我的心灵那样去爱。

我的爱是宁静、强烈而高尚的，不掺杂任何虚假和不忠。对此我不必再给您说什么了。我清楚地知道，您并不把这看得十分重要，您甚至不愿意我以这种方式爱您，也不愿意我以这种姿态对待您，就是这么回事，对吗，我的负心郎？

您对我说，我曾经有两次对您说过，在过去那几天我要独自到拉塞雷纳去。我要是这么说了，那完全是无意识地随便说的。我要提醒您注意，我们打电话的时候，您有几句话我没有听清楚；再有，由于您没听明白我的话，您回答得也很不对劲儿，很简短。

您别把这看成是什么欺骗。您的卢西拉既不是骗子，也不是坏人，倒是您在不断地对我冷漠。

您对我开的玩笑的回答，应当是您所说的那样。

我知道，要么我得不到回信，要么就是得到最后一封。您很清楚我是对的，但是您装作不明白。我亲爱的阿尔弗雷多，我们何时能相见呢？

我永远属于您。

卢

1905 年 5 月 12 日

又及：(在一侧用铅笔写的)

您和我谈到的那个小包裹，由于不能当面致谢，在此一千次地感谢您。

您别忘了我，也别生我的气，好吗，我的悠闲公子？

二

我难忘的阿尔弗雷多：

　　您以为我把您给忘了吗？没有。我耽误了时间，没能及时给您复信，事出有因，确实如此，直到现在我才给您写信，是由于诸多不便，现在容我向您细细讲来。

　　我未能及时复您上一封信，是因为最近我有许多事情要做。《艾尔基之声》请我写两篇文章。由于不是文学性质的，写这些文章需要查阅一些书籍，这就占去了我的全部时间。在学校里的闲暇时间，我一直想念着您，从来没有背叛您，也没有忘记您，但是我未能给您写信。

　　请原谅我，请您永远不要把我往坏处想。您听着，并且不要忘记：对于我，您不必担心。"担心的应该是我，担心由于您有了新的、更好的选择而被抛弃；您是不必担心的。"

　　我已经给您解释了上一次为什么我没回信，现在我来讲这一次怎么没及时回信。上上星期四，我去拉塞雷纳，专门为了看有没有我的悠闲公子的信。我一直等到下午四点钟的火车开来，但是什么也没有。我怀着难以形容的失望心情回来。我对我的女朋友阿尔特米娅说：一旦有信来就打电话告诉我。三天之后，她给我打来电话。可是当时由于种种不便，我去不了拉塞雷纳。我要是求我母亲让我去，她就会有点怀疑了，因为一般我总是不肯去那里。现在，让人把信给我送来，也怕被别人发觉。我不得不在极度的痛苦中度过七天：明知有您的信而又看不到它。

正因为这样我才耽误了给您写上一封信。

我的小评判者，您知道，由于您爱忘事，就以为我也跟您一样。

现在请您告诉我：您能不能和我，这个由于被您几个星期、几个月地忘却而急得要死的女人，说一说被我那残酷的沉默造成的痛苦？

您会对我说的，说什么没有我您没法过四句斋，没法过节日和非节日的时光。一切都已经过去，而我在您的生活中依然是一种消遣，是一件玩具，扔出去又捡回来，如此等等。您现在不爱我，将来也永远不会爱我，如果您相信情况与此相反，那么您是自己欺骗自己。我虽然涉世很浅，但是我懂得怎样理解爱情，我懂得怎样区别爱情和您的这种随心所欲的消遣。

哦！您想象不到我已经多么深入地了解您的感情、念头和思想。

我知道在您的心目中我是怎样的人；是您梦想的人；我知道我是以什么方式占据着您的头脑。您全然不必反驳我，这没有用。为什么要否定呢？为什么不变得真诚一些呢？是我再次找您的碴儿吗？您想怎么样？……我不得不这样做，而且很有道理，您甚至有更充足的理由，您不是威胁我，而是惩罚我……这种惩罚是那么甜蜜，以至于为了得到惩罚，我恨不得去做错事！！！

看来您是不想再来了。也许您以后会明白，您的卢西拉为什么这样恳求您来。您知道有时候我会想到什么？我想到在您庄园的周围也许有某位小村姑，是那种会迷惑人的村姑中的一位，是她正从我这里夺走您那对于我这个可怜的乞求者来说如此珍贵的目光。

但是，对于充满我心灵的痛苦来说，这还算不了什么。我坐在位于高处的那个房间的窗前，清风吹来远处和谐的乐声，就是每天晚上您在那条有许多女士散步的林荫道上可以听到的那种乐曲，在那些女士之中，有一位会爱上您，并且，以后也许会成为我的阿尔弗雷多的女主人。您为什么否定呢？我若是怀疑这一点，那就是犯傻。这是很清楚的，比清楚更甚，是非常显然的，无可争议的。

我从来没有像现在这样坚定地相信：我对自己所做的事情是经过深思熟虑的。我的心灵正品味着将置我于死地的毒药。我要不蒙着双眼走向不幸，眼睁睁地看着等待着我的结局，决不后退，也不改变方向。我跟您说过：我从来没有觉得自己像现在这样缺乏理智。

可是，如果毒药是甜的，人们也会饮下毒药。我们若是看到死神戴着玫瑰的花冠，穿着粉红色的衣裳，我们更会向她扑去，投入她的怀抱。

爱情用彩霞和鲜花的披巾遮盖着最大的不幸。在它的帝国，一切都美好。悲哀是甜蜜的，呻吟有如潺潺水声，背叛的鞭笞好像抚摩。连崇拜的偶像的置之不理也能使人爱得更深。

很遗憾，我不能同意您希望有一次秘密会见的请求。我不能给您指定一个固定的地方。我住的房屋，一座是雷依加多斯寡妇的，一座是阿基拉尔家的。如果我在这些地方进行一次幽会，且被人察觉，就是对这些房屋的不尊重，以后我会对此感到害羞的。这对我倒没什么，因为我知道这种会见对我来说不会有什么不光彩，因为我一直牢记自己的职责，但是对于一个偶尔到来的人，一个会把不光彩强加于我的陌生人来说，就会为污蔑、判断和断言带来口实，会给我带来极大的损害，而我，为了无愧于人们的帮助和尊敬，我仅仅拥有清白，这是一位贫穷女人唯一的财富。

随您怎样怪罪我，您爱怎么骂我就怎么骂我吧！您不能否认我有道理，并且我只是按理智和公正行事。

如果爱情对我说：上前！责任就对我说：不！这会给你带来阴影，不管它多么微不足道，也只能是把你置于一个不太美妙的位置。

啊！最细小的迷乱，最轻微的偏差，常常会给人们带来如此大的不幸。

如果您真的爱我，您就会把一切危险，一切可能给我带来阴影的东西从我身边赶走。为什么要苛求一个可怜的女人呢？她的逞强会把她拖入深渊。

让我们受苦吧！我和您一样在受苦，或者比您更甚。您不要抱怨我什么了。我已经跟您说过了，我唯一的罪过就是太爱您了。世界就是这样安排的，我们生活在这个世界上，就应当尊重它的规律，尽管这些规律是荒唐可笑的。

如果我的举止迫使您离开我，那么我将忍受我最大的不幸，因为您的决心只能使我，一个热恋中的女人，看到非常伤心的事情。

最后一句话，当我心中还能保留一种感情时，我将牢记您的情谊。如果您基于一种不真实的理论，坚持说是由于不爱您，或出于类似的理由使我这样做，那么我只能听任您抛弃我了。但是我再一次对您说："相爱的人不要求别人做出牺牲，而是牺牲自己。"这就是爱；其余的都是谎话。

您别因为我这样看问题，就怪我冷酷无情。您完全相信情况与此相反，您利用这个借口是为了别的目的。

我恳求您尽快回答我。

这封信带着我强烈的爱，不掺半点儿假。

您的卢西拉

1905 年 3 月 20 日于拉贡普

往您知道的地址给我写信，我从这里向您致以亲切的问候，我的悠闲公子阿尔弗雷多。

三

曼努埃尔[①]：

　　我去了，只是为了听您朗诵[②]。不是为了听人念我的诗[③]（我已经听人念过了）；也不是为了得到人群的掌声（只要在人群中待上一会儿都使我不舒服）；为了听您朗诵我才去的。

　　哪怕只能见您一面呢！可连这也不行。

　　那一晚上我听到的，只是您关于我的十四行诗[④]的一句话，它又撕开了我心中的疮疤。仅此而已。

　　在生活中您会像昨天晚上那样故意地或无意地避开我吗？这是个象征吗？

　　当我去寻找您时，我伸开的臂膀只会得到一个逃脱的阴影吗？

　　我很痛苦。最好别再说了。

　　您听我说，我需要您给我写一封信，不必带有早先我写给您的那封信的虚伪。如果信不能很快收到，谁知道我内心会琢磨出什么来。

---

① 曼努埃尔是指智利诗人曼努埃尔·麦哲伦·牟雷（1878—1924），他与米斯特拉尔保持了很长的友谊，以下收集的是她在1914—1921年间写给他的信。
② 卢西拉参加了1914年12月22日于圣地亚哥举行的花奖赛诗会。
③ 指花奖赛诗会上她的得奖诗篇。
④ 指给她带来盛誉的《死的十四行诗》。

今天晚上我这么古怪，我认不出自己了。

曼努埃尔，但愿今天晚上您有一个健康、纯洁、孩子般的轻柔的梦。

卢

12 月 23 日①

---

① 1914 年 12 月 23 日，头一天举行了花奖赛诗会。

四

您的来信使我说不出话来，一动不动，连思维也停止了。多么深啊！上帝，达到了怎样的深度啊！

本不该回我的信。我在上一封信中说了些傻话，本想去抚平伤口，结果却伤害了它。我为什么要写那封信呢？因为命运愿意如此。而这一封信本应该长一些，就像许多天以来萦绕在我床头的痛苦一样悠长。

曼努埃尔，我将为您祈祷，就像为我自己祈祷那样，也就是说，长时间地祈祷。

再见，哥哥。

卢西拉

1914 年 12 月 24 日

——谢谢您的来信，也谢谢您把我上一封信撕了。

五

我总是在想，花的本身是什么？我信仰的宗教的加冕是什么？我想，对人类之爱，您的爱比我的多得多。对您来说，这是每日的状态，而对我来说，则是在与我的坏精灵斗争之后才开放的花朵。我总是看到您在我面前的这副模样：带有一种并非男子气的灵魂（对男子气的理解几乎都是粗鲁），并且，为在您的血管里流淌的并不是一般的、充满激情、嫉妒和怨恨的黏稠的血液，而是从百合花中榨出的蓝色汁液，您总是感到难过。您看，在这里人们是怎样遵循某种奇怪的规律。根据这种规律，一位可怜的渴望者，要穿越十万八千里是可以达到优越地位的，但是他没能达到，因为他不去尝试，或者他那强健的双脚不敢去走。其实他已经处在那个地位的同一水平了，但是他被一堵很不结实的墙挡住了。您已经不必攀登了，因为您已经处在同一水平，但是有一股力量推动着您，特别有一股力量把您推向使您反感的东西。我的情况却是如此不同！我生性即恶，性格强硬，相当个人主义，而生活又加剧了这些恶习，使我十倍地狠心和冷酷。但我总是呼唤信仰，呼唤完美。我总是不满意地看待我自己，要求变得好一些。我做到了许多，我还希望做得更多。您难道从来没想过，信仰是一种特别的激动状态？在激动中等待奇迹来到我们身边，或来到我们心间？物体必须处在这种或那种状态中，以便适应这种或那种奇妙的行动或转变。在其自然状态是无法转变，或者无法实现它后来实现的奇迹的。您难道不曾想过，那些不信教者夸口说，他们从来就没有听到过什么神灵的呼唤，然而是信念在我们的内心启动着隐蔽的弹簧，朝未知打开隐藏着的窗户，除神灵之外，这些窗户是谁也无法打开的。由于您的亲身经历而了解爱情，您大概会感到这种亲切的状态是一种幸福。（能达到狂喜。）好吧，那么我和您谈到的这种信念就很像这种爱情带来的迷醉。因此，恋爱的人很像信教的人，因此，信仰可以填补本来应当由爱情来填满的心灵中的位置。圣特莱莎和神秘主义者们在精神激动中认识到爱情状态是人类最富有激情的状态；他们对这种状态是知道的，它原来处于低级状态，但是在狂喜中他们认识到它强大无比，具有魅力。祈祷与热切的爱是那样的相似！有时我终日保持着祈祷中怒放的激情的状态。我祈祷着，祈祷着；我的心和我的思潮有如一团烈火，朝着天空恳求，想要攀登到上帝的身边。那些就是我内心感到幸福的日子。也许是我把我的爱抛向每件事物，用精神之水来抛洒；就这样，随后我感到令人痛心的沮丧。如此沮丧，就像我从黑暗中走进明晃晃的光芒之中。我听见了，我爬得多高就从多高的地方跌落下来！一天以前，还是一种崇拜，可现在，一股厌烦的情绪在咬啮着我的心，我常常会达到失望的地步。我不怀疑上帝，不；我是怀疑我自己；我以一种残忍的明晰看着自己的种种恶习；我看到自己和别人一样渺小，把自己贫穷的臭水泼向一个有如暄松的腐肉般的世界。我可怕地忍受着煎熬。然而，每天的这种时候变得越来越短；而不像以前那样，会历时数年、数月、数星期。我找到了敌人：那就是在信仰中的激动。我知道，什么是十全十美。除了镇静，不会是别的什么。我追求十全十美，总有一天我会找到它的。艺术对于这种追求是有害的；艺术——指今天的艺术，而不是另一种艺术——浸透了狂热，由于一种糟透了的疯狂而痉挛。

我并不是一名艺术家，但是，即便是远远地看着这些事情也会受到伤害。教书挽救了我，教书是那么平庸和干巴！有时候我拼命工作，干一些简直不必做的事情，以便消耗我充沛的精力，好让我不宁静的精神感到疲劳。

为什么我和您讲这么多我自己的事情呢？我不知道。向您展示我生活中的痛苦和不太好的内心世界，我觉得这是我的责任。我日渐清楚地看到存在于我们之间的令人痛心的差距——您是月亮，是素馨花，是玫瑰——而我，是伸展在一块崎岖的土地上的布满阴影的山冈。因为我的甜蜜，如果我还有甜蜜的话，不是自然而然的，而是一种疲劳，一种过度的痛苦，或者，是一点明净的水，通过对我自责的鞭笞，把它掬在了掌心，以便让什么人来饮它，那人干渴的嘴唇使我充满了柔情和痛苦。

您看，我这个人是怎样以为我感到上帝从她心中过，就像穿透一块极薄的亚麻布，在您的身边，我是那样的不幸，那样的浑身污浊，并且不自信。对这些，如果您相信的话，您也不在乎吗？这会不会使您希望事情正是这样？因为，要是说，我总是以我那黑色渣滓的质地变成一颗星星（进入精神享受的神圣状态），如果您全力呼唤：我相信！那么，以您百合花般的素质，您将会进入什么地方？什么样的永恒的光流不会被吸入您的海洋？什么样的风不会载着天国的气息降临到您的山谷？

不，我没有能力教给您任何东西。我能为您做的一切只是写长长的信来消磨您的时间，以便帮您耗去劳神的一个小时。

我心灵中本该有些漂亮的衣衫，但生活把它变成了一块肮脏的破布。您不能，不能，看在上帝的分上，您别管我叫老师。要不是这么说的是您，我还以为这是一种嘲讽呢。

谈到花奖赛诗会，我为一个不知名者对我说的那句话感到痛心，因为那里有人说我装腔作势，在这里我要向您坦白一下我的一种狂热。随便您用什么骂人的话来代替"装腔作势"这个词，我都心安理得；但是我最小心谨慎防范的就是：不要骄傲。我用一把热钳子夹去了我嘴边溜出来的一切小小的骄傲，所以，装模作样这个词就比任何一个词都更加激怒了我。关于诗歌的出版是这样的：我并不想把我的诗歌公之于众，这是出于道德的原因，说来话就长了。省里几家出版社要出版，我拒绝了，他们都曾向我要稿子。可是有人从我的稿子中抽出了这些诗歌，我也知道此人把诗歌送到什么地方去了。说真的，我并没有同意这样做。我连名字都没有署。那么，我真诚地感谢您善意的建议，但是由于已经说明的原因，我不打算利用这个建议。

我曾和您说过，有些天我过得不好。今天就是这样的一天，还有今天以前的另外几天。今天我看我自己那么糟糕，以至于不能把事情干好了。一无所有的人不能把任何东西给予别人。甜蜜！我曾对自己说过。但是我没有甜蜜。安慰！可是如果你人很笨，你的手落到哪里就在哪里造成伤害呢？这个恶魔在残酷地唆使我。这些天，并不是我在恨别人，而是在恨我，恨我自己。我不知道，松林里的黑暗进入了我的心灵。顺便提一句，请在"这样，心灵便是一块玫瑰红的壁毯"这句诗中，把"壁毯"改成"山丘"。我该给您谈一些对您健康有益的体操。在下一封信中会净谈这些。我想洗掉我身上悲观主义的污泥，以便在下一封信中变得干干净净。您真的好些了吗？您还是在使用和我说话时的那种仁慈的谎言吧？我将在2月4日去塔尔卡瓦诺，也许早两天，也许吧！

今天晚上我将非常热切地为您祈祷。

卢·戈多伊

1月26日①

---

① 此信当写于1915年。

六

对于乡村我怀有一种真诚的亲切感，并非大多数诗人具有的那种感情，那种感情不是这样的。我只有一个雄心，它帮我生活。我从教已有十年，快十一年了。我希望再干四年，这样，退休时我就可以拿二分之一或三分之一的工资。我的生活所需不多，我不吃最贵的东西，即各种肉类；我穿得很寒酸。我要想办法在今后的四年之内得到一块土地，那里有些树木，我就住到远离城市的地方去。如果那时我母亲还活着，我就与她生活在一起；如果她不在了，就和我姐姐，或者和一个我想收养的孩子生活在一起。我非常渴望休息，我想读很多书，不要和许多人打交道，种点东西，浇浇树。这个愿望有时使我很恼火，恨不得马上就实现愿望，赶快实现。教书是很机械的，很苦。我从 15 岁就开始工作了，我过早地疲劳了。为了挣面包，以前，这对我来说太艰难了，这些事情毁掉了我的精力、愉快和希望，以致我直到今天仍不能复苏。曼努埃尔，人们应该用一种不同的看法来估价每一次努力，来判断为了与贫困面对面地斗争，以免自己陷入泥淖而做出的每项举动。如果以这种看法来估价我，曼努埃尔，那么人们就会原谅我今天已不是斗志昂扬，而是把我的包袱往地上一扔，并且起劲地说，作为插入语，我也希望享有爱情和幸福，我有资格得到这些，还说，道路上的玫瑰，这回我想剪下一朵，哪怕只剪下一朵呢，以便闻着花香，歌唱着玫瑰，继续我的路程。由于收到了您的一封信，还有一封母亲的信，两封信是一起收到的，这一切便都涌到了我的嘴边。

我停在了去饮水的路上，我的眼睛最爱注视那最纯净的清泉，泉边长满极纤细秀丽的羊齿，泉水吟唱着最甜美的歌，它最能给干渴的嘴唇带来清凉。这支清流是属于别人的，但是它愿意奉献出自己的晶莹。

当听过它的呼唤："来饮我吧！"当看到它是那么宁静而深邃时，我怎么能离它而去？让人们指责吧！让人们扔石块吧！由于人们打伤了女行路人，上帝也许会原谅她出于狂热而饮了那泉水；原谅她，由于那泉水充盈，充盈得叫人心痛，因为那泉水想去掉一些过多的清凉，去掉过多的碧澄的水。曼努埃尔，您会责怪我吗？我是永远不会责怪您的。让我们在生活的命中注定的错误中拥抱吧！可是我们要深深地相爱，因为这种负罪的痛苦，只能用很多很多的爱才能淹没。

（1915 年）2 月 10 日

七

　　……我有一张耶稣像，他的那双眼睛，在别的相片上是怎么也找不到的。以后我给你寄去一张复制品。

　　每当我出去很久以后，回到我的房间里，他就以一种奇特的方式注视着我，并且询问我："人们把你怎么了？你为什么更伤心地回来了？"我就说："主啊！我想缝补我生活中的破旧衣裳。好像你那纤细温和的手，给了我明亮的线，黎明般的纤丝，好让我补好破衣烂衫。可我好像着了魔一般，我的手常常抓得住很少的细丝，我是在为许多灵魂编织愉快的衣裳。主啊，比如上一次，在路上我唱着歌，相信手中握着他的手，但是他的身子却扑在另一个女人身上，她握住了他的另一只手。我是那种可怜的狂妄的人当中的一个，只接受整只面包，而不肯张开口去啃宴会的残羹剩饭。主啊，你看，总有一天，这压抑着我的心的温柔的忧郁变得特别巨大，从而把我压倒在地，那将是多么仁慈的一天啊！你看，什么羞愧啊，什么不幸啊，都不复存在了。然而今天却不是这样。他说和我谈话使他开心，常常使他忘情。可能会这样。我用厌烦来填补他心灵中的空白。当他不再孤独时，我把他让给别人。我说错了：他会把自己让给别人。主啊，我身上没有惹人喜欢的情人的秉性。你知道，由于痛苦，我的肉体对于肉欲的呼唤变得哑然，不能使男人感到欢愉，在一个冷静的身躯边，他燃不起狂热的火焰。为了用精神的火焰去爱他，我甚至不需要他的身体，那是属于所有女人的，我也不需要他炽热的语言，那是他说给所有女人听的。我愿，主啊，愿你帮助我，让我对这种一无所求的爱的观念更加坚定不移，从这种爱中得到支撑，哪怕它会吞噬掉我自己。我愿你，把这个隐蔽的无赖，这个自私地呼唤的无赖从我心中揪走。今天我向你恳求的就是这一点，而不要驱走留驻在我心中三个月的朝霞，因为，我要告诉你，它已经无法被驱走了。就好像血液已经泼洒开来，已经扩散到身体的每一个分子之中，就好像精力靠精神而存在，就好像快乐的精华靠精神支撑。

这样扩散开来，即使用最纤细的镊子也捏不住它。主啊，它是一个小小魔鬼，当你以为已经抓住了它时，它已经给你化成一股烟了。

关于耶稣基督是怎么回答的，以后我给你寄去。给我回信，写上我的姓名用挂号寄来。

轻轻地吻你的鬓角。

（1915 年）2 月 25 日

八

　　我刚刚念完您 25—26 日的信。我从这儿给您寄去了两封信，您已经看到了。从那两封信中您已经知道那几乎是确定无疑的沉默的原因了，您能否告诉我，这极端的决心的理由是什么？毫无理由，曼努埃尔。如果说，从某段时期起，我偏离了四平八稳的为人的轨道，可是您已看到，旋风已经过去了。请原谅我这么不幸，并且还想为此找出理由：人们给我的生活造成那么多的伤害！再加上我对自己近乎可怕的信念：从来没人爱过我，直到我死也不会有人爱我一天。知道您生病我很难过，首先为您所受的痛苦，其次为您病重将会发生的一切。当您病重了，人们就会把您看成是他们的财产，就像您是一件可悲的东西，他们这样来看待您，我就再也见不到您了。您理解我的痛苦吗？您得好起来，也许，享有健康的身体，生活就会对我们呈现出一副不那么严峻的面孔。尽管在我的脑中和心中曾闪过一阵疯狂，我请求您相信我。我永远向您说真话。我把自己所有的激情、疑惑、羞耻和柔情都向您倾诉。

　　今天我已经失去了昨天的宁静。您注意到我在上一封信中补充的那一页纸了吗？但是，我很强健，什么都经受得住。我想咱们别再争论"我们相爱的方法"了吧！如果爱情就是您向我断言的那样，那么，一切都会按照您的意愿到来。如果我把肉与灵分开是严重的错误，那么，我全部闪光的美梦将会被生活所压倒，我就会像您希望我的那样去爱。但是请您别再哄我了，曼努埃尔，请您不要向我伸出一只手，同时又留着一只手用来抓住谁知道是哪一位一闪而过的女人。我并不是在玩"爱上一个诗人"的游戏，这不能像绣绣花、写首诗那样当作消遣；这充满了我的生活，我的生活充满了爱，无限地洋溢着爱。

请您把一切都告诉我。（不久以后我就可以对您说，您是怎样充满信任地给我写信。）当您见到我时，当那金色的高楼坍塌时，您也要坦诚地告诉我。我之所求不过如此：忠诚，仅此而已。我将忍受一切：看不到您，听不见您说话。不能说您属于我，因为您不能属于我；一切，一切，但就是不能容许我以一个孩童般的善良愿望托付给您的这颗破碎的心被玩弄。您快康复吧，别再弄得杂乱无章，别忘了多穿点衣服，别走得太多，晚一点起床，不要大喜大忧，多吃一点。我急切地盼着您的信。很久不知道您的心声了。由于您的信很少谈到您的心，我便想到这很奇怪，您的心充满了别的感情，为别的热情所消耗，装满了别的东西。要是我能相信，哪怕只是相信一小会儿，今天您属于我，完全属于我，那该有多么好呀！曼努埃尔，是哪个紧紧的结子把您拴得那么牢？天空、太阳，还有谁知道空中的什么，他们只是笼罩着幸运的人们？我们为什么不能成为那样的人？有一天，我们也成为那样的人，好吗？

您的卢

2 月 26 日①

---

① 从字迹及所用的纸均与 1 月 26 日相同来看，应为 1915 年所写。

九

26日——我接着写信。与我写的长长的信相比，上一封是一封短信。

我已经开始把我小集子里的诗寄给您。您让我删去的部分我将删去。我做这类事情时，不会有谁比我更杂乱无章了。

这本书的一部分将是散文。我觉得我的散文非常矫揉造作，有些故作风雅的姑娘的味道。在诗中我常常可以做到简朴。那首《日常的歌》结结巴巴。那是很久以前写的。我寄希望于您把真话告诉我。您一定希望我避免出洋相，出一名女教师的洋相是比任何事情都令人伤心的。您从这儿也可以看出，有两样东西在我身上打架：对形式的爱好和对思想的爱好。对思想的爱好在我身上占了上风，因此我便更喜欢我的"大树之歌"，这是一首有韵律的布道词，是我对完美的理想、我的《守护天使》①以及其他美好事物的表现。还是把句子的全部饰物抛掉，而使劲地抓住思想。将这本书公之于众是由于我曾与母亲生活在一起，就是她故去的那一年。而另一本书写了一半，我的母亲已经故去，我为什么还要活着？我知道，不但现在谁都不爱我，而且将来永远也不会有谁爱我。基督，你正看

---

① 这是女诗人于1913年第一次用加布列拉·米斯特拉尔的笔名发表的一首诗。

着我写信。你知道，有些日子坟墓的召唤实在太响亮了，无法不听到这召唤。

我等着您的挂号信，它将会给我的心带来温暖吗？今天我的心又冷又悲伤，虽然在我的头上有一片天空，它笼罩着幸福的人们。但愿您非常健康。

您还记得我昨天的祷词吗？我祈求平静地去爱；什么也不恳求，不要让肉体感到嫉妒之火的利齿。我要是能永远地祈祷就好了！我只有今天才这样，与以前的日子一样，与1913年的日子和1914年的一部分日子一样。在这样的精神状态下，别人应该把他们所有的爱倾注给我，而从我这里挤不出一滴血。我备好了我的课，写了四段诗。我还要复四封信，以及两份公函。我累了，但并不是使人难以忍受的那种劳累，我的心口不痛。总之，是一种巫术，然而是一种好的巫术。基督啊！你正在看着我写信，你多给我一些这样的日子吧。要到21日我才开始上课。我将非常高兴地每天给您写信，但是我很怕使您厌烦，曼努埃尔。您好些了吗？又咳嗽了吗？背又痛了吗？我常常用一种按摩来对付这种疼痛，那是很可靠的。如果是我亲自去给您邮书，我就会给您放进去一小瓶药。如果是别人为我包书，就不了，因为这样会给人开玩笑造成借口。对于您，我有些奇怪，我想不出办法，我对别人从来没有这样过。但是我做梦就梦到您。有一次我梦见给您胸前盖上了法兰绒。还有一回……可是为什么要跟您说这些孩子气的事呢？要是一个女孩子的话，还会讨人喜欢，可我这样做就不是这么回事了。顺便提一句，在康塞普西翁，我听了朗布利娜朗诵的利克·莱昂的《秋韵》："爱情啊，你这么晚才来到我的田园！"我哭了很久，我这样是不无道理的，对吗？我去祈祷，然后去睡，知道吗？我的守护天使在为您站岗，这很危险……晚安，曼努埃尔。

您的卢

2 月 25 日①

---

① 根据原书注，这封信很明显是 1915 年写的。

十

当我到科金博去时，我住在他的房子的上方。

我要和您谈到的那天晚上，家里人到海滩去了。我害怕在海滩遇到他，所以我不想去。我知道他在谈恋爱，就避免和他见面。我仍然爱他，怕他从我的眼睛中看出这使人难为情的爱情（他对我的眼睛是那么了解）。我从家里的走廊可以看到他家的院子。我便朝下看。那是一个月夜。我看到他的仆人从屋子里拿出几件衣服，我想那是他的衣服——他主人的衣服。然后我听仆人喊："我走了，主人。"我便明白了主人没有出门。我便坐下来继续看，继续听。啊，我看到了什么，听到了什么哟！他的未婚妻来看他了，也许为了避开与他住一个房间的朋友，他和她出来了，到院子里来了。另一方面，也许是月亮把他们招引出来的。他为她搬来一把椅子；而他呢，坐在一条小板凳上。他的头倚在她的膝盖上。他们很少讲话，要么就是讲话的声音很低。他们互相望着，亲吻，吻个不停。他的头——五年前那是属于我的头——接受那张炽烈的嘴的雨点般的亲吻。他吻她的次数少一些，但是他紧紧地搂抱着她。他已经坐在椅子的扶手上了，现在把她抱在自己的胸前（而我的头却从来没有倚在他的胸前）。我看见了这一切，曼努埃尔。光线很弱，我的眼睛睁得大大的，好像要把这一切都摄入眼中，好像眼球都要爆裂了。我的眼睛烧灼着，我几乎屏住了呼吸；一股冷流控制住我。他们亲吻，他们紧紧地搂抱，挤压在一起，这样做有两小时之久。天上有云了，一块乌云遮住月亮，我再也看不见了，这是最可怕的。我看不见，就想象着在一团烈火中蠕动的两个人。他们那儿怎么样了？我已经看到了她是怎样歇斯底里地抖动；他是一个冷漠的人，但是，他当然是个血肉之躯。我再也忍不住了。我必须让他们知道有人在上边看着他们。叫喊吗？不，那样太粗鲁了。我把上面花盆里的花撕碎，放肆地抛向我觉得他们身体所在的地方。一阵喊喊喳喳，然后赶快逃跑了。曼努埃尔，您经历过这样的两个钟头吗？您再看另一天发生的事情。我正要上船到拉塞雷纳去，出门时碰见了他。如同以往一样，我想躲开他，他追上了我，对我说：卢西拉，我求求你，你听我说。他的眼睛周围有一圈紫斑，我的眼睛也有点红。我想，他的眼圈是淫荡的标记，而我的眼圈是因为哭了一夜哭红的。他对我说：卢西拉，如今我的生活如此肮脏，你要是了解了，是不会同情我的。也许他是想把一切都告诉我。但是我没有回答他。我没向他打听任何事情。卢西拉，人们已经告诉你我要结婚了。你来看我怎样结婚吧，然后你就会明白了。这个人怎么啦？还差十天或十五天他就要结婚了，要和一个据我看来是爱他的人结合了。这是一种什么样的联姻啊，曼努埃尔？她爱他，但是又剥削他，直至逼得他去偷盗。他呢？和我说过由于那天晚上的爱情而搞得一团糟的生活。他的表情和声音都带着一点令人恶心的东西。那是肉体的结合，两个人都充满无法克服的恶心，只能使他们隔阂，只能使他们沾上泥污，并且把他们分开。他继续向我诉说，最后他对我说，等下次我再来这里时（那日子是固定的），他要到车站去等我。他没能去，十五天以后他自杀了。

我把这些都对您讲了，是为了让您相信，您什么都可以对我说。我相信，我今后再也经受不住那天晚上的那种噩梦了。我生就这样的命运：让人当着我的面相爱，让我听到他们亲吻的响声，让我在他们热烈拥抱时朝他们扔素馨花。那是在1909年。如今是随便哪一天……

我让您生气了吗，曼努埃尔？原谅我，看在我没有按您信中说的那样，给您啰啰唆唆讲个没完的分上。在痛苦中好人变得更好，而我们这些不怎么好的人会变得更糟。我就是这样的。请原谅我。

您的卢

1915 年 5 月 20 日

十一 [*]

曼努埃尔，我本来还抱有希望，愿今天能有您的信。但是什么也没有。也许我不该尊重您的沉默，也许，要是您的身体好，我就不再给您写信了。可是您在生病！我不能这么长时间不知道您怎么样了。除了问您，我没有别的办法知道您的身体状况。您很敏感。我使劲研究了您为什么沉默，但没能为您找到理由。我不坏，上帝知道，我对任何一个男人都没有像对您这样好。我并没有做什么，为什么很久以来您保持沉默呢？我想可能是我说了那个星期要出门；但是我清楚地知道，我对您说，我出门是为了收到您的信。您告诉我会有信来，我就有四天上下午都往邮局跑，这种事我从来没有做过。然后我告诉了您，我不出门是为了等古斯曼·马都拉纳回来，他来是和我一道出几本阅读课本的。但是什么也没有，没有，没有。

今天是星期五，我已经明白您不再给我写信了。尽管这样，我还是要给您写信，不是为了折服您的意志，我比任何人都尊重您的意志，曼努埃尔，而是为了恳求您以某种方式让我知道您的健康状况如何。请您不要拒绝我这一点请求。只写两行就行，直到您痊愈。您不要认为这是一种"抓住您"、想法吸引您的战略，不是的。我以我的全部真诚向您保证。除了这个热爱着您的卢（卢西拉），还有另外

---

* 马都拉纳的一本集子中收入了米斯特拉尔的部分诗作。

一个卢（卢西拉），她是关心您的，她关心您的生活，关心您的幸福。不必有什么别的理由，仅仅因为您是一个聪明人，是一个好人就够了。因此我绝对需要知道您是否痊愈了，或者是恶化了。如不这样，至少我会感到不安。既然我曾经在 7 日那天长时间地为维克多·多明戈·席尔瓦祈祷，我也可以为您那样祈祷。当我知道他生病时，我便为他祈祷，而我仅仅是他的朋友。今天，我正在和古斯曼工作时，勤杂工从邮局来了。这是我最后的希望了。他对我说，没有什么挂号杂志，我的喉咙发紧。在给您写信之前我犹豫过。但是这个正直的想法说服了我：我什么都没有做，为什么要沉默？

　　曼努埃尔，写几行吧，写几个字吧："我的病好转了。"或者："我病了。"仅此而已。我别无所求。我心中怀着极大的柔情。我觉得您有如另一个死者①，他不肯给我一点幸福。我觉得自己孤孤单单地待在一个荒原上。我不失望，我很镇静，心中充满了仁慈和宽容。

　　如果您有点不满意我，只要您告诉我，您把健康状况告诉我，我就不再给您写信，给您添麻烦了。

　　再见，曼努埃尔。

卢

4 月 2 日（星期六，凌晨两点）

附录Ⅰ：曼努埃尔·麦哲伦·牟雷 1915 年 4 月 4 日下午 1 点 30 分的复信如下：

　　此刻我刚刚吃完午饭，就赶快干起来，从 1 日开始，提前一个钟

---

① 指女诗人原来的情人，自杀的那位乌雷塔。

头，也就是说，是从 8 点钟而不是从 4 点钟，我在我小小住宅的走廊上给您写信。我能向您说些什么呢？我觉得您讲得很有道理，是您讲的这些使我心痛。可是您总会明白的，您会摆脱对于我的错误看法。昨天您大概第二次去取那份您感兴趣的杂志了吧？也许您已经收到了吧，但愿如此！

我很好。有些担心，这倒是真的。为我不能避免的事情担心。我只恳求您一件事情：信心。

我现在有这样的信心，即什么也不能打垮我。多亏有这种信心，我才能很平静、很踏实，等待着即将到来的事物。

今天天气好极了。蓝色的天空中飘着白云，那祥云仪态和谐。我在想您，想您关于缓缓飘动的白云对我所说的一切美好的话。您还记得吗？

由于您那美好的话语，我满怀深情地看着那慵懒的白云，我的心随着白云而去。

您能原谅我吗？我要给我家里写一封回信，时间紧迫。

请相信您的朋友真正的爱。

曼·麦哲伦·牟雷

附录 Ⅱ：下面这首诗反映了女诗人收不到信时的心情：

永远也不来的信啊，

你永远也不来。

人们那么爱你，

是因为，因为总念不到你。

信呀，信，

朝、夕、午、夜都等待着你，

活生生地盼望着你，

我念着你，充满爱情而生命停息。

带着热情的孩子般的

纯真的信啊，让人心痛，

信中寄托爱情和命运。

写信的手啊，你还等什么呢？

每天我收到你，

每天我把你收起，

这长久焦急的等待

充满了生命，洋溢着活力。

永远也不来的信呀，甜蜜的信，

为了你才活着，甚至把歌儿献给你。

十二

亲爱的曼（曼努埃尔）：

请原谅我这封信是用打字机打的；这是因为在我这乱糟糟的屋子里现在连一支破钢笔都找不到。

我把你"不值得用挂号寄来的杂志"这件事看得很重。我把你的杂志还给你，并且再给你寄去两份。送到这里来的杂志有《事件》《西克——萨克》《太平洋》和《早晨》。我不止一次地想过给你寄杂志去。但后来我觉得您对这些不大感兴趣。如果不是这样，你不示意我，让我给你寄去，这样可不大对头。如果你让我给你做点什么，我将会非常高兴。

我感谢你读了多诺索①关于我感兴趣的一位诗人的文章，更加感谢非得让你挂号不可的这件事……你瞧见了吧，我从马戏团学会了爱笑，并且爱开玩笑。

你真的那么健康，那么胖了吗？看来，我连这也不相信……

今天晚上我没有发烧：我会睡得很好。我的感冒延续一段时间了，因为我没有卧床。有两位女教师生病了，总之，我不想让人代课，给人造成麻烦。除了女校长之外，我对我的女同事们很客气，但是真正

---

① 指阿尔曼多·多诺索（1886—1946），智利有名的记者和作家。

的朋友没有一个；是生活的经历使我变得这样。我这并非恶习的脾气并不伤害任何人，但是"明智而一贯正确的人"曲解了我，我和我的女同伴们之间的距离和冷淡便由此而来。

我故意和你说一些傻话，免得对你说出别的伤人的话。

下午9点（星期日）：

你的胸口怎么会痛呢？我这样问着自己，因为现在，沿着我胸口那固定的地方很痛。夜里会醒来。

与星星长谈对我很有好处。你喜欢星星是因为星星不平静，还是因为星星有柔和的目光？

你知道我又有了什么新"毛病"？我觉得我和你说的一切都让你讨厌，给你添烦。所以，以后我给你写的信会短一些。悲观从四面八方包围着我。

天凉了，你要把胸部护暖，晚上要盖好；不要像你和我说过的那样在潮湿的地上走。只是劝劝别人，我觉得这很好。如果此刻你看到我，你就会看到我舒服多了。现在我正喝着马黛茶，脚放在火盆上，给照顾我的小伙子讲故事，我是这样为自己消闲的。这小可怜有个小爱人，晚上他到她门口去等她；现在为了给我烧马黛茶，他走过那里时不能去向她献殷勤了。我觉得自己像个老祖母。我希望在我身边有个粉红面庞、金色头发的小男孩，愿他是我的孩子，并且一遍又一遍地给我重复这些故事。这位小伙子把喝马黛茶看作一件极平常的事。刚刚有人来找过我，由于我说我没空，他便觉得"为了喝马黛茶而不出屋子不合适"。

今天晚上我的心肠很硬。因为我对刚才跟你提到的那个可怜的小伙子说："让那个姑娘静下心来吧，她不会理你的。爱情不喜欢长得丑的人。这一点你可以从我身上看出来。"而他对我说："丑不丑是次要的，女主人，穷才是更糟糕的事情呢。"今天是投票日，他问我有关市府和议员的事情，我给他解释了老半天……

这样就困了，我很高兴地上床。

坐在炉火旁喝着马黛茶，讲着故事，对选举持怀疑态度，这样的一位老祖母身上有一点情人模样吗？可是有一位诗人竟把她想成另一种模样，并且给她写情书（应该揍这位诗人）。

你会领教我怎样揍你的。

你的卢西拉

十三

今天我很为你担心。理由是从星期六起我就没有收到你的信。对我来说，星期天是漫长的一天。我以为昨天或者今天会有回信。更有甚者，邮局里一些闲得无聊的小伙子对我的信件产生了奇怪的兴趣。有一个年轻人，名叫桑特利塞斯（他是利桑德罗[①]的兄弟），他到白河（在安第斯山脉）去了，从那里给我写信。很自然，我给他写了回信，但是信丢了。他去要信，甚至威胁说要把事情闹到圣地亚哥去。信找到了——我看到了那封信——毫无疑问，被拆开了。他是村子里唯一到我们学校里来的男人，人们说他是我的男朋友，以为是另外一码事，所以关于信的事情就是从这儿引起的。他是一个二十岁的孩子，可是由于村上男人很少，他们就认为我对这小伙子有兴趣，这毫不奇怪。

更有甚者：昨天有一个对我不错的男朋友给我寄来了一张明信片。没有信封。人们就在邮局的那一圈人中间念了。学校的那位勤杂工听到他们念了，并且听到了他们的议论。

我和你说这些是为了解释，我为什么怕他们拆开一封你的信或是一封我的信。不要署你的姓名的开头字母，行吗？

---

① 此人写过一本关于与米斯特拉尔交往的书。

有一个邮局的职员，他的眼睛最尖了，他既不议论桑特利塞斯的信，也不议论明信片的事。他给我送来你最近的这封挂号信——送到家的邮件，这更引起了人们的注意。他恬不知耻地对我说：诗人曼努埃尔现在在埃尔梅洛科东[1]吗？寄给你的邮件是他给我办的。

　　这就说明这些闲极无聊的人多么爱管闲事。他们活着就要散布流言蜚语。是我自己闭门不出引起了他们的好奇心。我不去教堂，不去拜访任何家庭，也不让人家来看我。这自有道理：这是一个小村庄，如同所有的小村庄一样，小村庄有如地狱。

　　星期天我碰到了一件与这类事情有关的事，现在让我来告诉你。

　　有一个年轻的庄园主，由人陪着来看我，是为了找一些书。后来他把同伴打发走了，然后他和我谈到爱情，后来谈到结婚。我认为这只是对我的一种试探。也许我这张面对生活多愁善感的脸孔对他们来说很神秘。我对他说，我的生活之路已经规划好了。这时，他很吃惊。他有财产，为人和善，受过教育，保持着农民的习惯。"那就随你的便吧！"他这样说。他是个纯朴的人，可是由于我对所有的人都不信任，我认为很可能是别人让他来的，来观察我的，我对他说不必抱任何希望，这时他更加吃惊。也许我不这么做更合适一些，也许应该把别人的目光引向他，使人们永远也发现不了你；但是我觉得这是下策，而且涉及一个地位比我高的人，这样的人，就是拿他当朋友我也难以容忍。每一个阔男人都想欺骗一个穷女人。我太高傲了，甚至不能容忍别人以为我的眼睛往上看，想往高处爬。我对家里人没有说起过这件事，因为我可以肯定，他

---

[1] 这是麦哲伦最爱去的地方，位于迈波的圣何塞峡谷，麦哲伦为这风景宜人的地方画了不少图画和留下了不少草图。

们会认为这件事大有好处，并且，他们会让我接受他拜访。

原谅我给你写了这么疯疯癫癫的一封信。

我还有另一个理由，那就是想知道你的情况。你迟迟不给我写信，这对我来说比你在埃尔梅洛科东的沉默更使人不安，意味着更多的东西。为什么？你自己明白。

我尊重你的一切，我希望你对一切开诚布公。如果在你的生活中——这件事情或迟或早总会发生——矛盾解决了，矛盾不会是永恒的，我就应当绝对地被排除。那你就告诉我，不必害怕这会伤害我。我不是小姑娘了，虽然看上去疯疯癫癫，对一些神圣的东西我还是理解和尊重的。你告诉我，你答应我这样，好吗？

甜蜜地、长久地、绝对地吻你的唇……

卢西拉

十四

13 日，晚上 10 时。下午我 3 点钟起床。下着雨，天很冷，我在床上看书。后来我工作了一会儿，和昨天一样，只剩下晚上和你聊天了。

我有很多话对你说，曼努埃尔，有很多话。但是，一变成文字就"干巴巴"的了。

你天真地对我说："给我幸福吧，给我幸福，你能给我幸福。"我看着自己，非常感动，甚至感到是在受折磨。我非常清楚地看到，我不能给你带来幸福。曼努埃尔，爱情，许多的爱情，柔情，无限的柔情，任何人都没有从我这里得到这么多的爱情和柔情。但是，不论是这种爱情还是这种柔情，都不会给你带来幸福，因为你是不会爱上我的。我知道这一点，我早就非常明白这一点！这是你回避谈论的一点，可这是我们唯一应该谈论的一点，因为这是"唯一重要"的一点。你不能爱上一个丑女人[1]（问问你自己吧！）。今天，昨天，好多天了，自从我的旅行之事确定以后，我就在想着我们的会见。我越来越确信这次会见将成为我生活中最大的痛苦。你是很仁慈的，你会希望不要看到这个打击，并且（这是最糟糕的事情）会亲切地和我谈话，也许，你甚至会吻我，与其说是欺骗我还不如说是欺骗你自己。

---

① 这是使女诗人永远痛苦的一个情结。

我看得出来，你很想欺骗你自己，相信你在恋爱，想激动地对你自己呼唤。你想用我来麻醉你自己，就像用劣质酒来麻醉你自己一样，是为了忘却；你不必和我争执，有什么可争执的呢？你所说的一切，你的抚摩，你的激动至深至切，都是由于你在想象中把我变成另一个模样。这次相会，你的心大概会流血，我的心大概也会流血，要是能避免让你痛苦，避免让我痛苦，该有多好啊！但是，没有办法，我们两人都希望这次相会，我们俩都在绝望地召唤着这次相会。我恨不得咱们明天就相会。因为我一天比一天更爱你，并且因为你也不可能处在这种局势的尴尬地位：为了一件荒谬的事情生活。

这"东西"在长大，我害怕看到你在怎样地充实着我的生活。你扫清了我的一切：对小姑娘们的精心的爱，甚至对和我住在一起的人的爱，这一切全都熄灭了。除了对你，我没有温暖的臂膀、亲切的话语和爱的姿态。可是还要等待三个月。对于你来说，这将是幻想的三个月，可是对于我来说，就是一种东西渐渐长大，你自己大概会恳求我把它拔掉吧。我向你断定，我已经觉得这不是闹着玩的东西了，这不是没有危险的东西了。我害怕。怎么办呢？没有办法。如果我们是基于一种疯狂，那么还说什么呢？那么还对未来抱什么幻想呢？毫无办法。有时候，我很想给你寄去一张很像我自己的照片（因为你看到的那张很不像），但是这也没用。你的想象力总是为眼睛添上光彩，为嘴巴添上妩媚。更要命的，我最不使你喜欢的，也就是人们所说的"为人"，在照片上是看不出来的。我生性干巴、生硬、厉害。和你在一起，爱情会把我变成另一个人，但不可能完全改变我。此外，我要用很长的时间才能和人混熟。这一条就给你说明了许多问题：我和任何人都从不以你我相称。连对孩子们都不这样。这并不出于甜蜜，而是由于冷漠，由于人们与我的心隔得很远。到了那一天，你的眼睛能向我展示你的心灵，以至于立刻迸发出信任的光芒，并且像我想象中那样，我用臂膀搂住你的脖子，你也真的用胳膊搂住我的脖子？不，由于你的眼睛忠于你的心灵，到了那个时刻，不会发出爱的光芒。你不会爱上我的，曼努埃尔。今天，我对自己这样说了一千次。你瞧，上星期日，当那个人对我说他如何喜欢我时，我是怀着怨恨听他说的，就好像在听一个骗子说话一样。一个人心中充满了柔情，但这种柔情是对另一个人的，但他却说对你充满柔情，这很令人恼火。也许这个人会爱上一个丑女人，因为他不论从外表到精神都和你不一样，都不那么纯净。现在没有谁能说服我，使我相信你会爱上我。只有傻瓜才会来劝说我。曼努埃尔，请你说实话。你真的让自己这么盲目，以至于从来不想想我们的会见能有什么结果？请告诉我真话：这种想法没有像使我害怕那样，让你害怕吗？当真相大白之后，你能不能舍弃慈悲，变得坦诚，不再碰我一下，不再和我说一句亲切的话？

对不起，正因为你已经事先知道对我会产生什么效果，我才不能相信你会有如此慷慨。对于我们以什么方法相爱，不要争了；最重要的、最迫切的事情是我们谈谈这一点：我很丑，你还会爱我吗？我不讨人喜欢，你还会爱我吗？我就是这个样子，你还会爱我吗？我问你这些问题，然后看你能否回答我。你像个孩子一样跟我说话，你以孩童般的天真对我说：会的。在很多事情上，我觉得你像个孩子，这使我增加了柔情[1]。我的孩子，今天一整天我都这样说。我觉得这个词

---

[1] 失败的母爱是女诗人的另一个情结。

比别的词更有爱的味道。我的这种柔情是一种很奇怪的东西，我对别人从来没有这样过。爱情不是这种柔情。爱情要更加炽烈，并且，对肉欲的想象激发着爱情。而特别使我激动的是你那令人心痛的、温柔的、"有点偏离肉欲的渴望"的话语。也许你的目光比你的拥抱会使我更感动。也许你的目光，与别人从最亲昵的抚摩中得到的春心荡漾相比，会使我更加迷醉。我的孩子！我不知道我的双手是否忘记了，或者从来就不曾领略过被人抚摩的滋味；我不知道我心中的一切，当我和你在一起时，是否会变成肉体的表示，是否会像我愿意的那样亲吻你，直到把你吻累，是否会像我在想象中那样注视着你，直到我为爱你而死。我不知道怕出洋相的担心是否会扼杀我许多美好的行动，并且扑灭我许多你没能见到写成文字的亲切话语。那一天，这种害怕会使我的手一动不动，嘴也张不开，目光变得暗淡。那一天呀！如果我得忍受很多痛苦，我就没有可能避免它吗，曼努埃尔？但这是必要的。我答应你要想办法让我们单独在一起。如果有外人在跟前会更加难受。我不再给你写下去了，虽然我还想继续写下去。为什么？因为这一封信比以往任何一封信都更加使我难受。这种局面很可怕。你见到我以后还会爱我吗？也许只是一种英雄气概吧？但是，我是不会欣赏这种英雄气概的。

你的，完全属于你的，无限属于你的

卢

你给我寄挂号信时，请及时告诉我，不要让信那么显眼。贴上两张纸。你怎么那么懒？在你寄挂号信的同一天，请再寄一封平信。

十五

　　亲爱的曼努埃尔，我一整天都在为你担心，为我昨晚给你写的那封信担心。当我到达康西列莱斯时，火车站上人群的叫喊也没有驱走我这份担心。你觉得那封信很冷酷，很干巴吗？请你告诉我。我一整天都在害怕惹你不高兴了。我的心境是"忧伤而充满爱意"。对这种轻微地伤害了你的担心，说明我对你的爱有多么深。我这个人心地不善良。当我伤害了什么人时，我往往非常自私地对自己说："别人对我的伤害更大。"但是对你我却不这样说。为了让你少流一滴泪，我可以跪着走路。

　　跪着，这是我在你面前卑微的举动，是爱的举动。我从来不是一个卑微的人，虽然有人根据我有一张修女般平静的脸庞便以为我是个卑微的人。你看，我已经喝完了咖啡（刚才我冷得发抖），我闭上眼睛以便见到你。我激发起的爱情直至使我迷醉。我真想把这种享受延长至几个小时。我爱你，曼努埃尔。我的整个生命集中在这个念头和这个愿望上。我可以吻你并且接受你的亲吻。也许——大概——我既不能吻你，也不能接受你的亲吻！因为，我完全，我断然地说服自己，你不会吻我，那我就不去看你了，曼努埃尔。我不想继续难受下去了。

　　此刻我觉得，你的爱有如此强大的力量，使我觉得无法做出有你在我身边而不吻你的牺牲。在这个时刻，曼努埃尔，我不愿意去圣地亚哥，我不愿意强迫你虚伪地怀着厌恶的心情吻我。我也不愿意忍受这种我不曾忍受的情景：面对一个我爱得要死，但是他却不能抚摩我的男人。我不想去！我将把有关那本书的一切委托给穆尼萨卡[1]，我已经委托过他了。我就不去了。我一生中所受的痛苦还不够多吗？不，曼努埃尔，我不想去。你别再让我去了；别让我去，这可能是个预兆。

将来总有一天会看清楚。你看：现在我代表你面对着我。为了避免激动，我不看你，我避开了目光，望着另一边。但是，由于这可怕的想象，即便你在很远的地方也能感觉到你，我听得见你说话，看得见你。失望的你想用平庸的谈话来消磨那个时刻。我心里十分明白，双手和心在发凉，心好像被铁块压着，像一团没有生命的肉。现在，你走了，我孤独地留下来，但已经不是从前的那种孤独了。我反抗一切，甚至反抗上帝。在过去的日子里我就感到过这种反抗。我每天与孩子们搏斗，每天在并非我自己的心灵里播撒爱的种子，为什么我就没有资格享有这来到我心中的爱给我带来的幸福？为什么这种爱就不能算是上帝由于我为陌生人操劳终生而付给我的钻石硬币？我这样回答自己：你是在人们禁止通行的小路上寻找爱情，这对于别人来说是一种愉快，甚至是一种骄傲，而对于你，永远、永远是痛苦，是罪孽。我朝背后转过身去。我回到了这里。自从我们会见以后，平静再也不会回到我的身边。不，曼努埃尔，我不去，我求你别叫我了。我

---

[1] 穆尼萨卡（1888—？），智利诗人，在米斯特拉尔获全国奖的花奖赛诗会上，他也获一等奖。

不去。最好是我继续梦想着你爱恋地亲吻我。我同意去，并且以为到了那个时刻，幸福会使我在你的怀抱中哭泣，我当时真是发疯了。我非常、非常地爱你。你躺在我的心中吧。没有另一颗心会这样属于你，并且这样愿意使你幸福。

卢西拉

又及：你撕掉这些信吗？

十六

22 日——你告诉我你要到埃尔梅洛科东去，可是又不告诉我你什么时候回来，简单地说，这就意味着你希望我对你的信保持沉默。我又一次不听你的话了：我谢谢你仁慈地阅读了我写的那些东西，并且感谢你对它们的善意的看法。

你的信，曼努埃尔，并不是我的信的结果，是一种"没有找好的借口"，但也许是幸运的借口，你这一封冷冰冰的来信，不是我那封信的回信，我那一封可能令人苦恼，但它也许是我以最热切的爱写给你的一封信。

我必须告诉你，我没有把信念完。不可能念完它。看到你这样对待我，我便绝望地寻找一个词，哪怕只找着一个，它都能抹平或者减轻整封信的不愉快。我没能找到，便再也不愿意念信了。首先是苦恼，对我的这种苦恼你是知道的；然后是现在的这种镇静，这种安定，即当别人把事情坦诚地、公开地、明白地抛出时，你自信你并没有做错事情，还能容忍，并非一切都那么糟糕。因为事情就是这样。你像另外那位①一样，毫无道理地把我从你的身边抛开。曼努埃尔，感谢这种惩罚，感谢从你那如此可爱的手中给了我像别人曾给过我的同样的痛苦的羞辱！我要告诉你，我从来、从来都不曾相信，你会毫无道

---

① 那位自杀者的阴影总是笼罩着米斯特拉尔。

理地给我这样一个打击。对于一封病态的充满柔情的信，你，有着一颗温柔的公正的心灵的人，竟会以这种方式来回答。我现在已经镇静了。当你离弃我的时候，如果在你的信中还有一个爱慕的言辞，我就不会安静，我就不会这样："此刻由于痛苦和柔情而死去。"

由于相当没有感情，你给我指出了一条道路，在这条道路上我要独自走下去，为此，我要谢谢你，曼努埃尔。

我想纠正你的一个错误。你和我谈到，你由于使我失去了平静而感到内疚。这是你的慷慨的健忘。是我首先"揪住了你的脖子"。我揪住了你的脖子就不想松手。请你记住这一点。从此以后，一切过错都落在我身上，没有一点过错归你。

曼努埃尔，有一次你曾经问过我："难道是这个上帝，这个好心的上帝，给他的子民降下一个又一个痛苦吗？"我现在以同样的指责来问你：难道这些鼓舞人心的最好的心灵，把人们交给他们的一份爱情、一个生命、一个人，就像扔一块破抹布似的抛弃吗？

我并不要求你回答。

你对我说我会宽慰自己的，这样说很对。你知道，你使我把对另一个人①的爱转给了你。我也知道我完完全全是个女人，也完完全全是个可怜的穷姑娘，可是我重新恋爱了。

我很镇静，我很平静，因为人们抛弃了我。

你，曼努埃尔，你相信了我的爱。我们是如此不同！如果我当真相信了你的爱，那么，"不论是什么，不论是谁"，也不能使我同意和你分开。可我未曾相信你的爱情，所以我看着你离我而去，并没有做

① 这又是指米斯特拉尔那位自杀的情人。

出挽留那从来不属于我的东西的姿态。

"不论是什么，不论是谁，都不能使我离开你！"上次我们和解之后，在一封信中你对我这样说。说说而已，说说而已。

撕了你的信我就后悔了。我已经向你要了我的那封信，以便把两封信一块儿收藏起来，以便作为一个凭证，证实一下在这里，在下边，人们是怎样对待我的，看我给了别人什么，而别人又给了我什么。看眼泪和爱情是怎样真正地掺和在一起，那都是我所说的话，还要看看作为回答你扔给我的干巴巴的海绵。

我很冷酷么？我很坦率。因为你曾经要求过我，对你"不要隐瞒一丁点儿我的想法"，因此我告诉你，我怎样害怕你见到我，一想到我可能不配让你吻一下就发抖！我对你是这样的真诚。我，天生就不是个很甜蜜的人，一个高不可攀的人，但是我让自己变得甜蜜，我把自己最好的东西掏出来给你。

但是你做得很对，没见到的容貌保护了你，曼努埃尔。我最后一次告诉你，我以从未有过的力量告诉你，我连给你系鞋带都不配。我是一个可怜的女人。我以自己的全部心灵希望你幸福，希望以我的抚摩给你带来些微的愉快。大概连这一点也永远做不到。

如果你觉得这封信写得不公正，曼努埃尔，那么请你在脑中回顾一下你写的那封信，问问你自己，有哪一次你这么坦诚地向哪一位指点过大门在何处？

我很平静。感谢你没有在信纸上留下一片眼泪的湿痕，也没有任何怜悯的颤抖。感谢你像另一位①留下"我为你而注满的池塘"；由

---

① 仍指女诗人以前那位自杀的情人。

于反感的一动，你从我的双臂中抽身而去，撇下我的臂膀还保留着温存，这是由于你而变得温存的，而我的双臂却没有一点拒绝的冲动。

我已经平静了，这点你可以从我写的字很平稳中看出来。

我将为你祈祷，虽然你并不相信祈祷。愿你享有和平，也享有爱情，我将充满爱意向耶稣基督长久地祈祷。

你的卢

同样出于自私，我没能念完你的信，以避免更多的痛苦。你的这种责难是公正的。但是，其他一些责难就并非如此。然而，对这些责难，我却不愿为自己辩护。

除去指责以外，你的信就没剩下什么了，而我情愿听你说下去，不管你说些什么。

23日，昨晚在梦中（我知道你会笑我），另外那位①和我说话了。他对我说，他对我不是最残酷的。这倒是真的。上次我握着他的手时，他的手握着我的手，充满了爱，同时嗓音还有些颤抖。

而你在告别的时候，除了指责以外，什么也没有。当你睡着的时候，我将吻你的双鬓（要是你醒着，就会拒绝了），我对你说再见，并不带着埋怨。

你的卢西拉

又：只有一个理由，仅有一个，再也没别的了，可以用来解释你

---

① 仍指以前的那位情人。

从躺在其上的、忠于你的胸怀解脱出来，这就是：没有感情。其他一切（性格古怪啦，把话理解错啦），在这爱情的天平上是不占一点分量的。你扪心自问，看能不能指责我有这个过错？你的一生大概都是正确的——我深深感到你是个好人——但是这一次你是大大的、绝对的不公正了。我一向都对你说真话，在离开你的时候，我也对你说真话。

附录：米斯特拉尔提到的是下面这件事：

圣地亚哥，8月6日下午1：30

我昨天必须快速地赶到这里，因为有人打电话通知我，说我的一个姐姐，也就是那有如我的第二个母亲的姐姐，生了重病。她在圣贝尔纳多，我马上就上船到那儿去。昨天晚上我住在我哥哥的房子里，在这里我得知了我姐姐埃伦娜的病是无法治愈的。没有办法了。她还能活两天、六天或十天，而她却不知道自己的病情严重。我惊呆了。我想大哭大喊。但是我要压制自己，在她面前我要更加压制自己。我要对她说谎话，要骗她。我给埃尔梅洛科东写信，让他们从那儿把你的信退给我，因为我觉得这些信明天就会到了。我昨天什么信也没收到。我相信宁静，你和我说过，某种事物的相对宁静会持续一段时间。而现在又有了这新的、巨大的痛苦。上帝这样来安排事情，公正吗？请给我往圣贝尔纳多写信。请安慰我吧！

曼·麦·牟

十七

星期天

曼努埃尔，原谅我今天从邮局寄给你的那封信。你知道我对人不信任，就像你不信任上帝一样。我是有理由的，很有理由相信我信奉的东西，所以我才写了那些话，并且，像心中淌血那样地流了血。

我要告诉你，一方面也是为了使你明白我的精神状态，以及收到你的邮件时我的印象。

昨天我给你写了一封信，你会和这封信一块儿收到。我睡得很晚。这个星期真是对卡尔瓦里奥①充满宗教狂热的一周。今天早上我醒来时，身体和精神都感到很疲倦，所以直到下午两点钟才起床。我断定你的信不会来了，我就没有叫人到邮局去。而那位勤杂工是自告奋勇，两点钟去的。当他把你的邮包以及其他一些信件和报纸交给我时，我非常激动，连捆着杂志的带子都打不开。我就像一个双手麻痹的人那样笨拙地撕着、翻着那些纸页。在折叠的纸中没有信。是没来信吗？当信落到我的裙子上时，我拿起来，开始念信，那时的心情是无法形容的。我下面讲给你的事情会让你笑话我的：我的两只手像癫痫病人那样抖动着，我既拿不住信纸，也无法念信，因为我的眼睛什

① 卡尔瓦里奥是耶路撒冷附近的山冈，在那里耶稣被钉上了十字架。

么也看不见了……请相信我吧，曼努埃尔，就是这样。

我想从那里找到天知道是什么样的判决呢？有点像有一次你寄给我的那种判决，你还记得吗？同样叫我透不过气来。

我必须镇静下来，把信收起来一会儿。然后我深深地吸了一口气，就好像我刚才差点背过气去似的。我和上次一样，躺在沙发椅上，被差点要了我的命的激动弄得精疲力竭。那么多天的折磨以后，这是多么大的幸福！

这不是健康的爱情，曼努埃尔，这已经是一种不平衡，一种眩晕了。我那被赐福的面庞，我那女院长的宁静！你说的是些怎样的爱慕话语啊！这些话会把我弄得精疲力竭，濒临死亡。你的甜蜜真可怕：它能把心灵像折松软的破布一样折起来，卷成卷儿，那是用力量和征服的意志做不到的。曼努埃尔，你是一个多么甜蜜的暴君啊！曼努埃尔，我是怎样全身心地属于你啊，就像你以全部主宰的力量主宰着我一样！曼努埃尔，你还要我给予你什么呢？我还能有什么呢？我没有任何保留了。你还向我要什么呢？由于对你心中发生了什么我不清楚，我已经向你描述了自己的心境，难道你还想让我陷入比这更凄惨的境地吗？曼努埃尔，确实，在我的头脑中，人与人之间肉体的结合是很粗野的形象，使我觉得那很讨厌①。

待到我们交谈时，对这被你称为我的蠢话的东西，你会为它辩护。但是我相信，你能够把这种认为是粗野的看法从我的精神中抹去，因为你，曼努埃尔，你有一种神奇的能力，能在贫乏的地方激发出美来，在没有美的地方创造出美来。通过你绝妙的谈话，你会使我

---

① 米斯特拉尔七岁时，在这方面身心受到过刺激。

觉得爱情的全部范畴都是芬芳和明亮的。我想，你的力量能够驱走我把肉欲当作卑贱、野蛮、不高尚的形象。你可以对我做任何事情。是你给我那平静而冰凉的水带来热切的骚动，带来极大的不平静，由于异常激烈，简直有点令人苦恼。谢谢你答应了我，在这爱的过程中决不带半点强迫，决不带一点可恨的仓促，谢谢！好好的，很温存，很慷慨，那我就会更爱你。我会对你很好，很慷慨，很温顺，和你一样，或者更胜过你。我再次告诉你，知道我是属于你的，这给我带来一种无法形容的幸福：听到你把我称为你的孩子，我这个恭谦的、微不足道的人属于你，我的眼睛里便充满了快乐的泪水。我以最深刻、最完美的方式属于你，曼努埃尔。我从来没属于过什么人，现在我属于你，属于你！我反复说着，以便延长我的快乐！请原谅我的这点自私。

你说："这种充沛的（爱情的）活力，对我来说简直就是痛苦。你愿意让我的汁液被大地饮下，而你就不愿意饮它？"不，曼努埃尔，那我就会是个疯子。首先，如果爱情使你痛苦，如果根据我对人与人之间结合的概念，我在延长你的痛苦，让你作出牺牲，那我就不是在好好地爱。其次，你要是向我断定，这种结合能为爱情的巩固增加分量，能使精神的纽带系得更紧，你要是特别能说服我，跟随着紧紧的拥抱而来的不是厌倦，能说服我"只有完成这种拥抱时你才绝对地属于我"，那么，曼努埃尔，我也不会拒绝付出我的这一部分，这是你认为的保证，更确切地说："我不能容忍由于你拒绝把一切全交给我而保留一部分格格不入的感情。"

因为我愿意饮下你的全部汁液，而不愿你在一个自私的小坑里还保留一点清凉和一份激情。亲爱的，我爱你。我相信这个推理：如果在我这里找不到爱情的土壤，就会到别的地方去寻找，我要是拒绝，这不是很蠢，很糟糕吗？我相信这种推理。请你把我看作是你的，不要怀疑，不必从我这儿抢夺什么，我全都属于你。我对自己说，我很有迷人之处，我能带来幸福，这样说是很正确的。曼努埃尔，我无限地爱你。

我已经把我的情况告诉你了。我可以支配的时间不多；我不再向你细述详情了。在这些痛苦的日子里，你对我来说是那么可恨，想想我的痛苦吧。我疯狂地想听到你的声音，可是你执拗而残酷地沉默不语。我经历了许多痛苦，但是已经打起精神来了，这就是爱情的奇迹。我恳求你不要责怪我今天一早的那一封信。如果你仔细看看，是我完全有权利，甚至可以打你。（当你近在我身边时）雨点般的亲吻将打在你身上。

我想见到你的愿望，比你所说的你想见到我的愿望强烈得多。但现在仍不可能。让我们学会等待吧。在我们的第一次相会中，我真不知道自己会不会像我的信中那样，对你还有点害羞！但是我知道我想单独地和你在一起，多多地抚摩你。我知道我想把你抱在臂膀里，就好像你是个孩子一样。我希望你和我说话，就像孩子对母亲说话一样。你在我的裙边，当我亲吻着你时，我会失去时间概念，将会永恒地亲吻下去。我知道，强烈的愉悦会使我飘飘然，我将从你那爱慕的口中获得最强烈的迷醉，这迷醉将流遍我的血管。我知道我将饮下一口幸福的醇酒。我知道，在我心荡神迷之际，我会变成你的延伸，是你的炽烈、你温柔的灵魂、你肉体本身的延伸。曼努埃尔，我盼望从你那儿得到幸福。我盼望和你共度至高无上的时刻。这个时刻将在我的回忆中活上一百年，我将从这神圣的境界中得到幸福，这幸福将伴随我余生的全部旅程。曼努埃尔，我不能比现在这样更爱你了。这你还不明白吗？你还要更多的爱吗？长久地亲吻你的嘴唇。

你的卢

十八

曼（曼努埃尔）：

您的信使我吃惊得说不出话来：两年的沉默已经说得上是忘却了。您上一封信好像是一块纪念碑。我把您的信念了两遍，我还像从前那样想，是一个男人在头脑发热的时候和我讲话。因为人的头脑是不能把这些东西装在一块儿的：一方面是我们决裂的原因，另一方面是您说的您还对我保留着柔情；即便是在被您抚摩过的脑袋中最疯狂的一个脑袋里，也不能把您对一个穷乡僻壤的悲伤的女人的沉默与哪怕是最少的慈悲掺和在一起，更不用谈还有什么好感了。

如果有一个男人，我只是认识他——我并没有爱上他——他若身陷囹圄，我就会感到自己有责任安慰他，仅仅因为我曾经握过一次他的手。我，与其说是一个被放逐的女人，还不如说是个被一种不可思议的放逐排除在生活之外的女人。您出于对一个女人不恭敬的判断，她算不上是高尚者，可是她爱上了您，因此，您生了我的气。

除了您的柔情叫我奇怪，另一件叫我吃惊的事是：您的生活很悲伤。据我所知，您总是幸福地生活在爱情之中，总是沉醉在爱情的萌发之中，这些旧情已经交织在您的骨头里了，要不然就是沉醉在每年春天的爱情之中。因此我懂得沉默。我一向尊重他人的幸福。

我必须对您说，我向您说的都是真话。您永远不会从我这里找到虚伪。最初的消息对我来说有如烧灼，以后的消息，我带着被遗忘的女人的轻微的灼痛感为它们开脱。再往后传来的消息已经不再牵动我的任何一根神经了。我觉得这是一种高尚，是我唯一的高尚。

现在我看到的是您生活的图画，但是我不相信。也许您是这样看的，对此我不怀疑。您为什么要和我说谎呢？我算什么人？我是您的什么人？我只不过是一个天真的乡下女人，即便是她神圣的柔情，也只配得上别人的蔑视。您是这样看待您的生活的；但情况并非如此。所有的人都认定了您是特诺里奥式的好色之徒——您听清楚了，所有的人——为此我才和您在一起，这种看法太平庸了，您有一个精巧和美好的心灵。我倒不相信您是一个玩弄女人的人，您不过是时时刻刻被感动。就好像那种人，大地的每一种景色都会感动他，或者使他产生爱。您大概是一位心灵的风景画家，您经过每一个心灵的时候，爱她们的每一个，享受着每一个，永远地投入，永远地自由，以不向形式的爱和仰慕高兴地滑过。您不可能不幸福，因为只有这样才是不幸：要么就是找不到向何人交心，要么就是完全地付出了心而得不到心的回报。而这两种情况在您身上是不存在的。

您在生病，这倒确实，由于您是病人，所以对您播撒的不幸，对您惊醒的美梦没有完成、没有实现，您可以概不负责。您的悲哀不是缺乏爱情，而是缺乏活力。您有的不是精神危机。想一想，我之所以相信这一切是为了您好，是为了看到您仍然是洁净和美好的。

我思考着我的生活。可以用这几个字概括我现在的生活：我不痛苦了。我的一切坍塌后，我很平静，平静而又不是禁欲主义。我从前并不知道，也并不相信思想可以使我们解脱一切。原来是这样的：我想过，我有过冷静的、符合逻辑的时刻，我从许多痛苦中痊愈，那些痛苦不过是一种以美为借口而坚持的固执。人们用恶行最终治愈了我。要是一个好人，就不会给我做这么好的事情了，曼努埃尔。

我觉得我有了一个新灵魂，好像大自然以一种难以想象的方法知晓一切，她给了我真理的毒药，又以巧妙的方法给了我良方。我看人看得特别透彻，可是我并不恨他们；某些不忠贞的来龙去脉，某些可怕的事情的根源，使我变得对事情一目了然。从前我把这些东西称为不忠、可怕，但是现在看来是很自然、很普通的事情。我一天天地享受生活，这是一件美妙的事情。从前我不观察；我凭直觉，我以为自己有直觉。确实，我带着一种感觉上的醉醺醺，带着一种理想主义，瞎着眼睛走路。我原先以为，看到某些人的良知，那就是最大的痛苦了。其实不然，恰恰相反，只有睁开双眼才会更有同情心，也会更加令人愉快地甜蜜。唯一不同的是，我只能把这种甜蜜轻轻地给予我自己。一种心灵的洁净到来了，它厌弃由于有害和荒谬造成的过分。于是我便及时地移开目光，及时地告别那些人和事。

不知道我是否让人听明白了。我还像一贯那样笨拙。但是这一颗新的心，我还不知道怎么说它才好。也许那颗老的心会说得好一些。

……

对不起，我用"您"来称呼，在经历了"那么多事情"以后，您怎么还能让我以"你"来称呼呢？这种称呼是属于另一个灵魂的。您想一想，不要那么孩子气，请您理解。

我要到哪里去？好像是要去阿根廷。我教书已经教腻了，确切地说，并不是教书本身，而是那些讨厌的附加部分。我是另一回事，我不适合当教师。

我求您别夸我。如果您像您说的那样想我，那么您就应当相信您的心很小，因为它不曾懂得爱我。您能够和我说这些，并且您能再次觉得我甜蜜，是因为您曾经认为我很冷酷，很平庸，很坏。可是，找到一个像您描绘的那样的心灵，并且只是去伤害它，那就太糟糕了，曼努埃尔。

请您放心，因为我从来不是这样的心灵。您一旦想起我时，请您总是这样想。

有一次我这样想：在看到他之前，也就是说，若不和他说上一次话，我是不愿意最终地离开故土的。当我从麦哲伦海峡回来时，在圣地亚哥我见过他，我觉得他变成了另一个人，他的这副样子我从来没有梦见过①。在我的陶醉之中，他是另一副面孔。您改变了模样，这样做很好。对我来说意味着很大的宁静。

现在，如果可能的话，在走之前我可以和您说话了。您终将见到我了，而不是通过爱过您的那些女人描绘的图画来认识我。您将知道我是什么模样：一个极其普通的女人，痛苦只是一时地毒害了她，现在她已经镇静了，她将像一位老姐姐那样和您说话，而不像一位母亲那样，否则会有太多的柔情和爱。她好像一位已经变成灰尘的可敬的死者，但是，当清风吹过春天的第一朵鲜花时，仍然可以闻到她的芬芳。

问候您

卢

11 月 19 日

———————————
① 麦哲伦的一副大胡子是很浪漫的。

十九

20 日——我读着这封信，觉得它不可爱。我再次看到您要求我用心灵和您讲话，而不是用头脑跟您讲话。我没有心灵，曼努埃尔（这并非文学，不幸的是这不成为一句话）。然而我对别人从来没有这么仁慈。今天我明白了，好人是不太多愁善感的。我一生中精神上的疯狂给我带来的暴力，至今仍使我深恶痛绝。

几天前温特①给我带来了您的一位亲戚，A.C.M. 先生，他有点像您，只有一点点像。我很高兴地跟他谈了三四个小时。

您怀疑我还崇敬您。我只是把这一点告诉您。我的一位女友知道我的痛苦，我对她说过……

我从来没有为您曾进入我的生活而后悔。您是我所认识的人当中心灵最美的一个，您蔑视我并不意味着您在我的心目中曾有片刻失去过光泽。

过几天我再给您写信——不管您答复与否，不管您是否和我说说您的情况，我还是要给您一些忠告，而并不期望您给我任何东西。您的悲观使我心痛。我知道由于您，我在生活中和男人们中失去了什么。

卢

---

① 奥古斯托·温特（1868—1927），智利诗人。

二十

1920 年 12 月 28 日

今天，29 日，我又收到了你的一封信。我觉得有点怪：非常镇静，没有一点焦虑。难道是自从我给你打电话以后你就变得无动于衷了吗？但是，这封信并不冷漠；很温柔，抚摩着我，但是以另一种方式。

你叫我谈谈自己，我也想和你说点什么。我总是觉得在你的信中，你对爱情之类绝对地无动于衷。而关于你自己，除了你的精神状态之外，你什么也没对我说。这是伤人心。因为我的心充满好奇，有些日子在感情上很闲散，另一些日子充满想法，还有更多的日子充满行动。我知道那是最糟糕的日子。但是这种日子和别的日子相比占压倒多数。在这种日子里，无法和你聊天，我给你写的信少一半。我记得不久以前你给我留下的是这种印象。有一位女朋友，她正在谈恋爱，她每天给自己的骑士写信。我常常和她开玩笑："你们都说些什么呀？"她对我说："什么都说，连我写的付款人名单都说。"我对她说，我觉得这样很好。这也能把人联系起来，你们在一起列名单，做一切事情，这样会更好。最理想的是女人和男人一起休息，一起工作：一起写每一个字，一起迈每一步。如果他们在同一个领域工作，会更加紧密地结合在一起。

但是应该从你开始。说说你的一天是怎么过的吧。我也把我的讲给你听。你不会厌烦吧？你恐怕不敢对我说，因为你怕我生气……

很遗憾那件事使你那么不安。想一想我也受了苦，并且受了很多苦，你就能自慰了。你并不知道，在我的重负中你帮助了我。

我马上把那些给我带来许多麻烦的诗歌①寄给你，是由于那些虚伪的语言纯正的作家（对不起，我这样称呼他们）的愚蠢评论造成了麻烦。你会理解我的追求精炼的企图。那些肮脏的人只会把所有的事物都看成污泥。

给你寄去一本今天到的杂志。诗歌部分几乎都是我校对的。还寄上那首《火焰》②，以及你最近出版的那本书上的几首诗。有一些印出来尽是错。看来今天的好一点。

你别那么夸我。我会不相信你的。

请告诉我，除了健康原因，还有别的理由阻止你出门吗？

卢

---

① 指女诗人的作品《绝望》。
② 麦哲伦写的诗。

二十一

　　曼努埃尔：你31日和1日的两封信都收到了。谢谢你还记得那个新年之夜。我也记得你，带着忧伤，带着思念所爱的人的那种忧伤。我未曾感受到思念亲人的愉快，或思念亲人时应有的愉快，因为我不觉得他们是我的亲人，曼努埃尔。我是这样一个女人，对我来说，占有的感觉，无论是占有东西或占有人，从来都未存在过。我从来、从来就没感到过什么东西是属于我的，连一棵花木都不属于我……请你想想这一点，想一想在这种情况下你会有什么感觉，你的心会沉浸在悲伤之中。

　　令我高兴的是你的身体和心里好受一些了。我知道，虽然你没能爱上我，我和你说话会对你的精神有些好处，因为不管怎么说，我没有你那么累，身体比你好一点，还有丰富的感情，这有时会带来迷惑人的幸福和青春。

　　我不去瓦拉斯港了；我要到康塞普西翁去四天，到科罗内尔去两天，去找一位女朋友，克利斯蒂娜·索罗①，我非常爱她。我喜欢那座城市里的松林，它有如母亲的怀抱。它的浓荫使我非常放松。没有别的树木能像松树这样具有人性，镇静而高贵，并且能如此使人浮想联翩。如果能在一棵松树下见到你，听你躺在干枯而柔软的松针上讲

---

① 一位著名的女高音歌唱家。

话，那该有多么幸福啊！可是我知道你是不能去的。然而我提议你去。我7日去那里。

贡萨莱斯·马丁内斯真是头脑太简单了，太没见过世面了。人家把我当成了他一手培养的——他是一个夸夸其谈的黑小子，从来不知道闭嘴，和他那些高贵的诗毫无共同之处。如果减少一些恶意，还能多少剩下点东西。可是他的长处是他的热忱，他的心愿意和我处在同一水平。我问过他是否认识你。他没有说过你的坏话。他说由于没能看到你而感到非常遗憾。但是他认识你的小女儿，他说为你的健康担心，等等，说你必须注意健康。我请求你去看望他。为了他，也为了我，你要去。我再一次告诉你，他非常平易近人，非常自然。我像崇敬你一样地崇敬他。

啊，如果你真的能够心平气和地爱上我有多好！我的心会充满感激，感谢你的努力，感谢你为了我而转变自己的意志。转变吧，转变吧，转变吧，曼努埃尔；这样会使我高兴。

今天，我在头发的分缝中看到了几丝华发。六年前我就可以去看你。那时我就觉得自己老了。而现在……我疯了，曼努埃尔；现在我更老了。

我今天是这样度过的：去火车站送女朋友，我一会儿和你谈谈她；去看望大主教，他对我说，我不过社会生活，这很不好，就因为这样我才失去了学校的工作……我对他说，哪怕为了更高的社会地位，我也永远不会对人们让步。村子要么就这样接受我，要么就把我赶走。在赶我之前我就走。请您问问我的几位前任，她们成天到广场和沙龙去，又怎么样了？他对我说，我在这方面也有点骄傲。我不知道该管这叫什么，但是这样对我的心灵有好处。其他东西则无关紧要，因为我只想守护我的心灵。

曼努埃尔，每当我和一位牧师谈话时就感到悲伤，也许我很狂妄，因为我自己就是真正的牧师。

接着，我就来给你写信。在我的房间里有一只金色的小兔，我非常爱它，胜过对你的爱。

我愿你能从政，这个工作很繁重，是最糟糕的工作，这有好处：也许可以平衡，因为这能使敏感松弛，或者使敏感变得迟钝一些。你为什么不去和阿吉雷①谈谈？他是我在政界唯一的朋友，他是好人，是公正的人，我非常尊敬他。我的一切多亏了他。他会像你应该得到的那样对待你；你在他身上不会感到某些出身低微的激进派政治家的那种骄横，他会从你的绅士的高贵价值理解你。去和他谈谈吧。

我过得比前一阵好了；好像是幸福的开端，好像是弥散开的似有似无的幸福的幽香，你想想这一点，并请理解它。

我没有修改你的诗。难道你不想想，我可不敢修改你这位诗人的诗？但是作为人，我可以纠正你……甚至可以打你。你知道吗？我的手很重。和我住在一起的姑娘们说我的鸽子（也就是我的双手）是真正的雀鹰……你还记得我曾经和你说过吗？有一个男人想拥抱我，我给了他一记耳光，打破了他的一只耳朵的鼓膜。对，我和你说过。你来看我之前，要像马特林克一样练练拳击……

我去欣赏傍晚：这是我生活中唯一的精神享受的时刻；我躺在床上看每个傍晚逝去。在这宁静的时刻，我总是在想着你。

你看到那"母亲之歌"了吗？你看我变化有多大？变得更有人情

① 阿吉雷，智利政治家，1938 年 12 月 4 日至 1941 年 11 月 10 日任智利共和国总统。

味了。以后我要和你谈谈我原来打算拿这些散文怎么办。它们的直率像刺伤别人那样刺伤了你吗？

你知道吗？原来有人叫我到圣贝尔纳多学校去。有两件事情让我害怕：一是离你太近，再有就是要与这个据说又坏又爱传闲话的村子搏斗。你愿意让我去那里吗？今天我收到彼吉尔①的来信，他就是给你改过诗的那个人，他叫我3月份到布宜诺斯艾利斯去。

我有点头疼。天气很热。我久久地注视着你，渐渐就原谅你了。

卢

1921 年 1 月 4 日

---

① 彼吉尔（1876—1954），阿根廷作家、记者，致力于儿童教育。

二十二

曼努埃尔：

　　我读了您的信。我绝对确信我给您留下了坏印象（还有某些比这更糟糕的东西）自有道理。但是，曼努埃尔，如果您还清楚地记得我写的信，这种冲动对您来说不应当这么陌生。我总是告诉您我是怎样的一个人，我总是对您说。即便不是通过我，也可以通过别人来了解我，如果连通过别人都不行，您多少念念我的诗，就会明白我是个最不协调的人，最悲伤的人（最可怜的人），在我身上混合着甜蜜和坚硬，温柔和粗鲁。确实，一个有着您那种心灵的人，很自然，无法不带有厌恶之情去了解另一个相对立的心灵。您有着——请不要忘记这头一条—— 一种自然的温柔，这种温柔融化在您的血液里，具有近乎化学的特性（请原谅我的这种表达方法），更兼有经过文化有意识的提纯。而我呢？既没有前者，也没有后者。我继承的东西很糟糕：文化没为我造就什么，也许是由于我上学晚，也许是由于我生性排斥教育。请您记住这些，以便完全原谅我一本正经或开玩笑地谈到的我的坏脾气。如果您早就相信了我的话，咱们相互之间可以少生多少气！

　　但是，在您的信中您只字未提我那天的遭遇的原因。难道当时您没有看见吗？或者您看见了，但是您不能以那个原因原谅我？

请您记住，在回答我的一个问题时，您曾说过我的预感是对的。从爱这个词的深刻意义上说，您不能爱我。这句话的影响您应当看到，在此之后您吻我的手，我能不感到奇怪吗？我能接受这个吻吗？曼努埃尔，这是礼貌的吻？是宫廷里献给妇人的吻吗？我是非常真诚的，这一行动激怒了我，曼努埃尔。不，这不是虚伪，是一种更糟糕的东西；是对我的怜悯，是您想原谅我高贵的坦诚。啊，怜悯没有坦诚高贵！

您没有看到这一点吗？这是我唯一想知道的。确实，曼努埃尔；我有一股傲气，我不接受怜悯，让我独自痛苦吧；我能够承受任何痛苦，但是对我来说，怜悯是一种污辱，因为这是对我心灵力量的不了解。

您瞧，曼努埃尔，我常常说，有文化的人类同时到达了令人钦佩和不幸的地步，以至于他们已经不能理解原始人了。我这样说是有道理的。这就好像贵族对待雇工一样；那是两个宇宙，是两个不能理解的星际的精神世界。从您的观点来看——温文尔雅，文质彬彬——尽管您非常聪明，您是理解不了这一点的：我并没有干什么糟糕的事情。我并不肯定其反面。也许您不把这称为一团糟，但也会称之为毫无办法，称之为粗俗下贱。我，若是处在您的地位想一想，就会管这叫粗鲁；但是对我来说，并非如此；这是我心中的一种非常高尚的果敢，它甚至是神圣的。

啊，曼努埃尔！如果从文明人这个词的最高意义来说，我与文明人相差甚远，我的伴侣应当是一个乡下人，可为什么我又带上了一点知识分子气质呢？当我知道有一个粗鲁的汉子，他由于爱情而杀人时，我觉得我跟他的想法一致；然而，我简直不和任何一种文明行为一致。但是，绝大多数人都不说我是一个野蛮人。这就是说，我过着双重的生活：一种是人们让我过的生活，还有另一种生活。另一种生活只是一瞬间，如同您所知道的那样。我本来应当了解您。爱情应该打破虚伪的羁绊。为了爱情我丢舍了作为有教养的人的举止，作为一个还能令人容忍的女人的举止。请您永远不要指责我的这种坦诚，您看它是从何而来。

　　您的心灵的景象我觉得好极了，就像从我家中看到的一抹山峦一样。那线条是那样截然不同，我无限地欣赏着它。但我却不能成为那样，我是由三代或者更多代粗俗的人哺养而成的，这便是命中注定。

　　待到我心情平静时，如果您允许的话，我将给您写信，以免伤害您。

　　我愿您万事如意。

卢

4 月 19 日于圣地亚哥

　　您原先的沉默伤害着我：谢谢您的来信。

　　曼努埃尔，用不着多说，我并不反对您那天所说的。这是我七年来对您有把握的事：您不会爱我的。不，不是您不想爱，而是您不能爱。

二十三

曼努埃尔，几天前我从特穆科回来了，但是我不想出门。我有六天没有去部里了。整个儿这段时间报纸的传闻使人们带着某种兴趣看我，使我很不舒服。

您怎么样？好点吗？快乐吗？写东西吗？您最近的那首诗是多么深刻而简洁啊！曼努埃尔，重新写诗吧！

曼努埃尔，有一点搞错了，我给堂娜·J. 德卡斯蒂略的信，我寄给您，是为了让您了解事情的缘由，而不是为了发表的。对它的发表我表示遗憾，但是我承认您做得对。普拉多·阿莫尔在最近的一封信中对我说，他对我那个关于标题、资料的看法完全同意。

我在有自己的家之前不会给您打电话。我还像吉卜赛人一样地流浪。

我昨天乘汽车到拉西斯特尔纳去了。我在那里有一小块地方，在洛俄瓦耶有另一小块地方，但是我到那里去最主要是去看山脉。

那光辉是多么神奇，曼努埃尔！由于有厚厚的白雪，那光辉把一切苦涩和艰难都变得甜蜜了。

我还没有给您讲我多么喜欢圣阿尔丰索这个地方呢。我是在格兰德山长大的。那是埃尔基山谷倒数第二个村庄。村庄前后各有一座山，山间有一条狭窄而奇妙的山谷：有一条河，有三十多幢小房子，再有就是葡萄园、葡萄园。我从三岁到十一岁就住在格兰德山，那一段生活以及在拉坎特拉当乡村女教师的生涯铸造了我的灵魂。

拿大海与高山相比，我爱得更多的是高山。大海不平静。在大海中，人把一切都交付给了它。此外，大海的不平静简直令我生气。

而高山却给了我一切。它使我的心大大地展宽了。它使我平静，并且使我振奋。在它那每一道带阴影的沟壑中，我都置入一个土地的精灵，置入神力和奇迹。大海热闹的蓝色我不喜欢；而山峦的各种颜色我都喜欢。

我得打住了。圣阿尔丰索的那位夫人来了。

再见。我没有和您说我很悲伤，您的来信使我好多了。

卢

6月4日

二十四

……

我没给你写信还有另一个原因：是为了给你留出时间好与你那位刚来的女朋友说话。如果你还没看到她，那就赶快去，最好是在看我之前去看她，你知道应该怎样对自己负责，我对此也一样。

现在说说你的事情，人们对你那样真令人害臊，曼努埃尔。万事不求人也有点不好。当有人终于肯帮忙时，就会觉得妙极了，可是一有机会，奇迹就中止了。曼努埃尔，当看到在分配工作时完全不顾人的才能，并且蔑视人的素质时，我感到很难过，特别是对后一点更感到遗憾。在每一位官居部长的差劲的议员身上都存在着胆大妄为，存在着由权力带来的傲慢无礼；他们像国王一样地下着命令，他们蹂躏着每位长官的建议，他们在阿劳乌科或梅林比亚向那里的酋长发号施令……我听说有些奇怪的公职人员尚有些廉耻之心，还是可以尊敬的，但是一到时候就紧紧抓住黑市交易，那是很奇特的事情，他们的周围便形成一种充满敌意的气氛。你天生就是有钱人，也就是说，你是独立的，我可以想象，以你的正直，以及你连走路时都表现出来的骑士风度，你给我讲这些事情会使你不愉快。是所有的艺术家一道造成了一件坏事：他们容忍了羞辱人的局面，接受了最下等的工作，而没有通过某一个引起人重视的协会来坚持些什么。他们把阵地让给了别人，让给了厚颜无耻的人，自己放弃了一切，他们把自己的经费压缩到真正堪称可怜的地步。我曾经见识过一些人的情况。比如说，布尔恰尔德，他的处境就很艰难。利里奥的情况是只领100比索的津贴。还有那么多、那么多的人，为数不多的几个处境还不错——蒙达卡和波尔克斯——他们忘记了其他人；过分的好面子使这些人沉默不语，那么，结果就是在这野蛮肮脏的种族，在看守们和矿工们的种族之中，为数极少的精粹的心灵不能行动，只能勉强维持生命，只是时不时地来一幅画或来一首诗，使人们想起某个时刻气氛可以热烈一点，然后又在沉默中销声匿迹。曼努埃尔，如果没有我母亲的支持，如果不是由于我不得不和生活抗争，我也差一点成了他们中间的一员。你别以为我是很高兴地看待斗争的；但是一想到我是出于责任而进入斗争时，我就感到心安理得。

关于6日的选举运动，我有好多好多话要对你说。选举仍在继续，使我好多天都陷在痛苦之中。说来话长，很烦人，很伤我的心。最好是我等你来。

曼努埃尔，每次我一高兴，有高兴的事好像是做错事似的，立刻就有为此对我的惩罚随之而来。你大概还记得我和你争吵的那一天吧，我很高兴地和你在一起。我渐渐产生了信任，我把你看成是我的一个哥哥：那是幸福的开端。该发生的事发生了，结果我们还不如以前，因为我们再次以你我相称，并不是我相信你能爱上我。不，那是什么希望哟！最要命的是我连恨你都恨不起来。我说最要命，就是把自己的失败推诿到某个人身上，这是一种极大的轻松。从你对我所做的那些事情中，我发现你更有办法、更有意识了。你除了爱我之外，不会干别的蠢事，因此，你不要向我道歉，不要可怜我。我唯一感到遗憾的是我们不能完全像朋友之间那样，不存在什么过错和失误，我和一些人之间就是那样的，虽然他们不如你，也不能像你那样对我好。我要和你谈谈我的一位朋友。他是部里的一位科长。这一段时期我处在困境之中，这使他接近了我。在两三个月时间内，一种美好的精神上的联盟把我们联系在一起了。他了解到我身心交瘁，对人之恶极端敏感，他很吃惊，由于他强大有力，就想帮助我来看待这个世界，以另一种方法来看待这个官方的世界。学校里的事情，没有一件不是他帮助我解决的。我的事情，或者说我这个人为我组成的家庭的女成员的事情，没有一件不是多亏他的帮忙。他每天晚上来看我在忙些什么；当他看到我心情不平静时，他就笑，就用有效的、善意的办法来打破我的悲剧。他已经结婚，别把他想成思想污浊。他很爱他的妻子，我和他的妻子将成为亲密的女朋友。

一首友谊的田园诗。我没有当艺术家的苗头。最使我感动的倒不是这个人，他还不了解我最美好的东西是心灵，使我感动的是他帮助我，关心我的生活。因此我们之间有无限的信任。当我察觉到在你身上没有这一点时，我感到痛苦。也许你读过《商报》上一篇署名怀特的文章。这就是他写的。为了回答在任命之前就存在的一些关于我的任命问题的遮遮掩掩的险恶用心，他常常对我说：把书给我，我要学会写作，学得像记者那样，以便在报纸上维护你，因为光在部里为你辩护已经不够了。

曼努埃尔，我想不起来跟你说任何亲切的话，倒不是因为我不爱你，是因为你打破了我的一切，希望和信念。而所有这一切，没有什么不合适，你做得正确得可怕。归根结底，是我不对……谢谢，非常感谢。一开头我感受到很多痛苦，后来就镇静下来了。前往山脉的旅途中，我有很多时间梦想，我一个人在那里做梦。七年间，每当我看到秀丽的风光就多次地梦见你。我很赞赏墨西哥女诗人玛丽亚·恩利盖塔。当她描绘一次与这个爱情一样的过去的爱情时，在结尾时说：我的心中曾有过一座城堡，一位国王曾在那里度过春天……美吗？是的，有过一位国王，有过，但是现在什么也没有了。

曼努埃尔，不是我抱有偏见嘲笑你。你什么时候愿意了，就请来看我。随你的便吧。我不能再对你有所求了。

别了[①]！

卢

[①] 这一封信的日期可能是 1921 年 6 月 23 日从圣地亚哥发出的，这是麦哲伦在第一页信纸的上首亲笔写的。

附　录

授奖辞

一天，一位母亲的眼泪使一种被社会轻视的语言，由于诗歌的力量而重获尊严并赢得了荣誉。据说，米斯特拉尔，两位同名并同样具有地中海气质的诗人中的第一位，当时还是年轻的大学生，用法文写出了第一批诗句，使母亲泪如泉涌。实际上，她不过是朗格多克①一位无知的农村妇女，并不理解这精致的语言。从那时起，她的儿子决定用母语——普罗旺斯语写作。他写了《弥洛依》，讲的是美丽村姑对贫穷工匠的爱情，这部史诗洋溢着花香的芬芳，结局却是残酷的死亡。由此，行吟歌者的古老语言又成了诗的语言。1904年的诺贝尔文学奖引起世界对此的关注。十年后，创作《弥洛依》的诗人谢世。

同年，第一次世界大战爆发，又一位米斯特拉尔，从世界的另一端，在智利圣地亚哥"花奖赛诗会"上出现，并以几首献给亡者的情诗赢得了桂冠。

加布列拉·米斯特拉尔的经历，南美人是那么熟悉，从一个国家传到另一个国家，几乎成了神话。而此时此刻，当她越过安第斯山的群峰和烟波浩渺的大西洋，终于来到我们面前，使我们有幸在这个大

---

① 法国南部的乡村。

厅，对她的经历再做个简要的回顾。

几十年前，她出生在艾尔基山谷的一个小村落，一位年轻的农村教师，名叫卢西拉·戈多伊·阿尔卡亚加。戈多伊是父姓，阿尔卡亚加是母姓，双方都是巴斯克人后裔。父亲曾是教师，能脱口成章，即席赋诗。在他身上，这种天赋似乎是和诗人惯有的焦虑和不安融在一起的。他为女儿修建了一座小花园，却又在女儿幼小时抛弃了家庭。年轻的母亲，大概活了很大年纪，她说，常常惊奇地发现孤独的小女儿在果园中和花儿、鸟儿结结巴巴地亲切交谈。根据一个传说的版本，她曾被学校开除。看来，他们认为她没有天分，不愿在她身上浪费教育的时间。她以自己的方式自学，终于成了拉坎特拉小镇的乡村教师。年满二十岁时，她在那里实现了自己的夙愿。一位铁路职员在同一个镇上工作，两人产生了强烈的爱情。

对于这段经历，我们所知甚少。我们只知道小伙子背叛了她。1909 年 11 月的一天，一颗子弹穿过了他的太阳穴。

姑娘陷入极度的绝望。她像约伯一样，向苍天呼号，抗议他竟让这样的事情发生。从那隐匿在智利荒凉、炽热的崇山峻岭中的小镇升起了一个呼声，周围很远的人们都能听到。于是，一个日常生活的悲剧不再具有私密性，而是进入了世界文坛。就这样，卢西拉·戈多伊·阿尔卡亚加变成了加布列拉·米斯特拉尔。这位外省的乡村小学教师，这位拉格洛夫①和玛尔巴卡年轻的同事，竟成了拉丁美洲的精

① 拉格洛夫（Selma Lagerlof，1858—1940）是瑞典女小说家，是第一位获诺贝尔文学奖的瑞典作家。

神女王。

她写给亡者的诗篇一经发表，新诗人的名字便传开了，加布列拉·米斯特拉尔朦胧而又充满激情的诗歌开始在整个南美洲传播。然而，直到1922年，她才在纽约出版了自己伟大的诗集——《绝望集》。书中的《儿子的诗》中涌出的是母亲的泪水，是为亡者之子流的泪水，这个儿子永远也不会出生了。她说：

要一个儿子！就像春情萌动的花木
将蓓蕾向蓝天延伸。
一个儿子，有着像耶稣一样大大的双眼，
动人的前额，充满渴望的双唇！

他的双臂像花环，盘在我的脖子上，
我肥美的生命之泉向他流淌，
我的心田开出了芬芳的花朵，
使所有的青山都飘溢着清香。

当我们满怀着爱穿过人群，
在那里碰到一位怀孕的母亲，
用颤抖的嘴唇和乞求的眼睛将她注视，
想要个目光温柔的儿子却使我们成了盲人！

幸福和憧憬使我夜不能眠，

情欲并未降临我的床边。

为了在歌声中诞生的儿子

我将胸怀敞开，将双臂舒展……

加布列拉·米斯特拉尔将她的母爱倾注在自己教育的孩子们身上。她为他们写了朴实无华的歌谣和"龙达"，1924 年在马德里汇编成册，题为《柔情集》。有一次，四千名墨西哥儿童为她演唱了这些"龙达"。加布列拉·米斯特拉尔成了"母爱诗人"。

1938 年伊始，为了作为西班牙内战牺牲品的孩子们，她在布宜诺斯艾利斯出版了第三本厚厚的诗集《塔拉集》，书名可译为《摧毁》，但又指一种儿童游戏。

和《绝望集》凄婉的格调不同，《塔拉集》表现了南美大地普遍的安详，我们能嗅到它的芬芳。我们又看到她在儿时的果园里，又听到她和自然万物的亲密交谈。神圣的赞歌和纯真的童谣奇妙地融为一体，这些关于面包、玉米、葡萄酒、盐和水——这是以不同的方式奉献给惶恐的人类的水！——的诗篇，赞美了人类生命最重要的食粮！

母亲给我端水，

在童年时的家园。

在一口一口的吮吸中

我见她浮现在罐里的水面。

头越抬越高，

罐越来越远。

布兰科河山谷，我的口渴

和她的眼神，依然在心间。

这将永不磨灭，

如今仍似当年。

"我记得儿时的形象

就是给我水喝时的模样。"

女诗人为我们献上亲自用慈母之手酿制的饮料，既有泥土的味道，又能抚慰心灵的饥渴。它源自希腊的岛屿，为了萨福①；它源自艾尔基山谷，为了加布列拉·米斯特拉尔，这是大地上永不枯竭的诗歌之源。

加布列拉·米斯特拉尔女士：为了一篇如此简短的致辞，您做了一次过于漫长的旅行。在几分钟的时间里，像讲故事一样，我为塞尔玛·拉格洛夫的同胞们，讲述了您从一名小学教师到登上诗歌女王宝座的传奇经历。为了向丰富多彩的伊比利亚美洲文学致敬，今天我们要专门向它的女王致敬，她就是写出了《绝望集》的诗人，是仁慈和母爱的伟大的歌者。

---

① 古希腊女诗人，有人说她可与荷马相提并论。

现在，请您从国王陛下手中接受瑞典科学院授予您的诺贝尔文学奖。

（瑞典科学院院士）雅尔玛·古尔伯格

获奖演说

我在此荣幸地向各位亲王殿下、向外交使团尊贵的成员们、向瑞典科学院的院士们和诺贝尔基金会、向出席此次颁奖活动的政府和社会贤达，致以崇高的敬意。

今天，瑞典将目光转向遥远的伊比利亚美洲，将荣誉授予其众多的文化工作者中的一位。阿尔弗雷德·诺贝尔的世界精神会感到欣慰，因为已将对文化的保护行动辐射到南半球的美洲大陆，人们对它的了解极少而且极差。

作为智利民主的女儿，令我感动的是，瑞典民主传统的代表之一就在我面前，其根本在于使宝贵的社会创造不断焕发青春。对过去的传统令人敬佩的净化，完整地保留古老的品德，对现时的适应和对未来的预判，这就是瑞典，这是欧洲的光荣，是美洲大陆接触的典范。

作为新兴民族的女儿，我向瑞典精神的先驱者们致敬，我从他们那里不止一次得到了帮助。我记得它的科学家们，他们丰富了民族的躯体和灵魂。我记得它的教授和教师队伍，他们向外国人展示了堪称楷模的学校，我由衷地热爱瑞典人民的其他成员：农民、手工业者和工人。

出于侥幸，此时此刻，我成了本民族诗人们直接的代言人，成了卓越的西班牙语和葡萄牙语民族的诗人们间接的代言人。他们无不乐于应邀出席北欧生活中充满千百年来民歌和诗歌氛围的庆祝活动。

愿上帝保佑这一模范民族的遗产和创造，保佑它为保持不可估量的过去以及为满怀航海民族无往不胜的信心度过现在而建树的丰功伟业。

我的祖国，在此出博学的加哈尔多部长代表，尊敬并热爱瑞典，我应邀到此，就是为了对瑞典赋予她的特殊荣誉表示感谢。智利将把你们的慷慨珍藏在最纯洁的记忆中。

加布列拉·米斯特拉尔

1945 年

加布列拉·米斯特拉尔生平及创作年表

1889 年

4月7日，卢西拉·德·玛丽亚·德尔·佩尔佩杜奥·索科洛·戈多伊·阿尔卡亚加（加布列拉·米斯特拉尔）出生在智利艾尔基山谷的维库尼亚镇迈普大街 759 号。母亲是佩特罗尼拉·阿尔卡亚加。父亲是胡安·赫罗尼莫·戈多伊·维亚努埃瓦。

1892 年

其父胡安·赫罗尼莫·戈多伊开始离家出走，只是偶尔回家。卢西拉在小山村蒙特格兰德与维库尼亚度过童年。

1901 年

随家搬到拉塞雷纳。卢西拉这年开始写诗。

1904 年

开始在拉塞雷纳的报刊上发表文章与诗作。署名"某人""孤独""灵魂"等。虽考上师范学校，却被拒之门外。

1905 年

开始任乡村小学教师，在离维库尼亚不远的小村拉贡巴尼亚教书。

1906 年

到拉坎特拉小学任教。

1907 年

在《艾尔基之声》和《改革报》上撰文，为圣地亚哥的《明与暗》杂志撰文。

1908 年

由卡洛斯·索托·阿雅拉编辑的《科金波文学》收入卢西拉的作品，三首散文诗:《幻想》《海边》《私人信件》。从这年起她开始用笔名"米斯特拉尔""米斯特拉莉"。

1909 年

到拉塞雷纳学校任视察员。此间为取姐姐艾梅丽娜的信，常去科金波车站，从而认识铁路职员罗梅里奥·乌雷塔。

1910 年

通过圣地亚哥师范学校的考试，从此获得正式教师的资格。被派往离圣地亚哥不远的巴朗卡斯学校任教。

1911 年

被任命为特拉伊根学校教员。

1912 年

到智利北方港口城市安托法加斯塔女子学校任历史教员和总视察员。不久后被派往智利中部安第斯城学校任视察员和卡斯蒂利亚语教员，直到 1918 年离开这所学校。开始用"加布列拉·米斯特拉尔"这个笔名，直到逝世。

开始给卢文·达里奥写信。这位大师鼓舞她创造并发表作品，因此她能够在《优雅》杂志上崭露头角。

在安第斯城结识日后任智利总统的堂·佩德罗·阿吉雷·塞尔达。此人是她的终身保护神。

1914 年

12 月 12 日，以她的三首《死的十四行诗》在圣地亚哥花奖赛诗会上获得鲜花、金质奖章和桂冠。开始与智利诗人曼努埃尔·麦哲伦·牟雷互致爱情书简。这种交流保持到 1921 年，书信多达上百封。

1915 年

她的父亲胡安·赫罗尼莫病死他乡。

1917 年

曼努埃尔·古斯曼·马杜拉那编的五卷集《阅读课本》中收入她

的 55 首诗歌。

1918 年

她由教育部与司法部部长佩德罗·阿吉雷·塞尔达任命为智利最南端的城市蓬塔·阿雷纳斯市的学校校长兼卡斯蒂利亚语教师，在那里工作到 1920 年。

1920 年

被任命为特木科市女子学校校长，在那里认识了少年时代的巴勃罗·聂鲁达。

1921 年

被任命为首都圣地亚哥刚成立的特莱莎·德·萨拉泰亚第六女子学校校长。

1922 年

应墨西哥教育部部长何塞·瓦斯贡塞洛之邀，前往墨西哥参加教育改革，组建人民图书馆。在费德里科·德·奥尼斯教授力促下，她的诗集《绝望集》在纽约出版。墨西哥政府在墨西哥城创建加布列拉·米斯特拉尔学校。

1923 年

墨西哥出版由她选编的《妇女读本》，首发量为两万册。墨西哥政府在首都一公园为她建立一座雕像。《绝望集》第二版在圣地亚哥出版。在智利大学校长葛里高里·阿穆纳德基的倡议下，智利初等教育委员会授予她卡斯蒂利亚语教师称号。

1924 年

圆满完成在墨西哥教育改革任务，离开墨西哥。出访欧洲，在美国举行讲座。第二部诗集《柔情集》在西班牙马德里出版。

1925 年

游历巴西、乌拉圭、阿根廷等国后短期回到智利，办理退休等手续。侄儿胡安·米盖尔·戈多伊在西班牙巴塞罗那诞生。被智利派往"国联"秘书处工作，前往欧洲。

1926 年

访问中美洲、安的列斯群岛，到波多黎各和古巴举行讲座。居住在法国、意大利，领养侄儿胡安·米盖尔·戈多伊。

1927 年

代表智利教师协会参加在瑞士举行的国际教育工作者代表大会。

1928 年

被"国联"理事会任命为驻罗马教育电影研究所管理委员会执行委员。

1929 年

其母佩特罗尼拉·阿尔卡亚加去世。

1930 年

在美国的一些大学授课或举行讲座。

1931 年

曾短期回智利，到过许多美洲国家。危地马拉、萨尔瓦多、巴拿马为她举行纪念会。在巴拿马获得"金兰花"。

1932 年

被派往热那亚任领事。由于她的反法西斯立场，墨索里尼政权不接受这位女领事。任危地马拉领事。

1933—1935 年

任驻西班牙马德里领事。

1935 年

智利任命她为终身领事，驻地任由她选。

1935—1937 年

任驻葡萄牙领事。

1938 年

任驻法国尼斯领事。

在阿根廷女作家、出版家维多利亚·奥坎波的支持下，第三部诗集《塔拉集》在布宜诺斯艾利斯出版。她将版权收入赠给西班牙内战中的孤儿。

此间曾在巴黎与居里夫人等一道在"国联"工作。

1940 年

任驻巴西尼德罗领事。

1941 年

任驻巴西总领事，住在佩特罗波利斯。

1942 年

她的朋友、奥地利犹太作家茨威格及夫人自杀身亡，引起她很大震动。

1943 年

侄儿胡安·米盖尔·戈多伊死去，给她带来很大痛苦。

1945 年

获诺贝尔文学奖。从巴西到斯德哥尔摩领奖后，以贵宾身份访问法国、意大利，然后以智利驻联合国代表身份到美国旧金山，负责刚刚成立的妇女事务部门工作。积极参加联合国教科文组织的筹建。为联合国儿童基金会写了一份题为《为儿童呼吁书》的号召书，广为散发，影响很大。任驻美国洛杉矶领事，后任驻美国圣巴巴拉领事。获加利福尼亚奥克兰弥勒学院博士称号。

1948 年
任驻墨西哥韦拉克鲁斯领事。墨西哥政府有意赠给她一块土地，被她婉拒。

1950 年
任意大利那不勒斯领事，任地中海北部沿岸拉帕略城领事。

1951 年
获智利国家文学奖。

1953 年
在美国迈阿密短暂停留，不久后作为领事搬到纽约长岛。

1954 年
在智利圣地亚哥太平洋出版社出版诗集《葡萄压榨机》。回国访问，智利为她举行隆重的纪念活动。不久后返回美国。获美国哥伦比亚大学名誉博士称号。

1955 年

应联合国秘书长哈马舍尔德之邀，出席联合国人权大会。智利政府发给她一笔特殊津贴。

1956 年

年底生病住院。

1957 年

1 月 10 日，在美国纽约长岛的一家医院病逝，享年 67 岁。遗体运回智利。在首都举行国葬仪式后，第二年安葬在故乡艾尔基山谷的小村蒙特格兰德。

1958 年

她的第一部散文集《向智利的诉说》出版。阿尔丰索·埃斯库德罗作序，圣地亚哥太平洋出版社出版。

1967 年

智利波玛依雷出版社出版她的《智利的诗》。

主要作品集目录

诗集

《绝望集》，纳西缅多出版社，圣地亚哥，智利，1923。

《柔情集》，南方丛书，布宜诺斯艾利斯，阿根廷，1924。

《塔拉集》，洛萨达出版社，布宜诺斯艾利斯，阿根廷，1938。

《葡萄压榨机》，太平洋出版社，圣地亚哥，智利，1954。

《诗歌全集》，阿吉拉尔丛书，马德里，西班牙，1958。

《智利的诗》，波玛依雷出版社，圣地亚哥，智利，1967。

散文集（编著）

《妇女读本》，教育部出版署，墨西哥，1923。

《向智利的诉说》，阿尔丰索·埃斯库德罗作序，太平洋出版社，圣地亚哥，智利，1958。

《物质》，阿尔丰索·卡尔德龙编，大学出版社，圣地亚哥，智利，1978。

《唱给美洲的歌》，马里奥·塞斯佩德斯编，埃佩萨出版社，圣地亚哥，智利，1978。

《加布列拉漫游世界》，罗克·埃斯特万·斯卡尔帕编，安德列斯·贝略出版社，圣地亚哥，智利，1978。

《加布列拉在想……》，罗克·埃斯特万·斯卡尔帕编，安德列斯·贝略出版社，圣地亚哥，智利，1978。

《加布列拉·米斯特拉尔宗教散文》，路易斯·巴尔加斯·萨阿维德拉编，安德列斯·贝略出版社，圣地亚哥，智利，1978。

《墨西哥素描》，阿尔丰索·卡尔德龙编，纳西缅多出版社，圣地亚哥，智利，1978。

《老师和孩子》，罗克·埃斯特万·斯卡尔帕编，安德列斯·贝略出版社，圣地亚哥，智利，1979。

《职业的非凡》，罗克·埃斯特万·斯卡尔帕编，安德列斯·贝略出版社，圣地亚哥，智利，1979。

《献给大地万物的赞歌》，罗克·埃斯特万·斯卡尔帕编，安德列斯·贝略出版社，圣地亚哥，智利，1979。

《该诅咒的字眼》，文化出版社，圣地亚哥，智利，1953。

《智利简述》，智利大学年鉴纪念加布列拉·米斯特拉尔专号，圣地亚哥，智利，1957。

《散文集》，何塞·佩雷伊拉编，卡佩卢斯出版社，布宜诺斯艾利斯，阿根廷，1962。

书信集

《致欧亨尼奥·拉巴尔卡的书信》（1915—1916），劳尔·席尔瓦·卡斯特罗编，智利大学年鉴纪念加布列拉·米斯特拉尔专号，圣地亚哥，智利，1957。

《加布列拉·米斯特拉尔致胡安·拉蒙·希门内斯书信集》，拉托雷出版社，波多黎各，1961。

《加布列拉·米斯特拉尔爱情书简》，塞尔西奥·费尔南德斯·拉腊茵编，安德列斯·贝略出版社，圣地亚哥，智利，1978。

《加布列拉·米斯特拉尔与爱德华多·巴里奥斯书信集》，路易斯·巴尔加斯·萨阿维德拉编，天主教大学出版社，圣地亚哥，智利，1959。

《加布列拉·米斯特拉尔致拉多米罗·托米克的书信》，《时代报》，圣地亚哥，智利，1989 年 4 月 8 日、9 日。

《1911—1934 年间与加布列拉·米斯特拉尔以及雅克·马利丹的通信及回忆》，爱德华多·弗雷编，普拉内塔出版社智利分社，圣地亚哥，智利，1989。

《真有您的……与阿尔丰索·雷耶斯的来往与书信》，路易斯·巴尔加斯·萨阿维德拉编，哈切特出版社与智利天主教大学联合出版，圣地亚哥，智利，1991。

（以上两个附件摘自段若川教授编写的《米斯特拉尔——高山的女儿》）

漓江的书，买了再说！

鼠疫
[法] 阿尔贝·加缪 / 著
李玉民 / 译
定价：48.00元

局外人
[法] 阿尔贝·加缪 / 著
李玉民 / 译
定价：45.00元

第一人
[法] 阿尔贝·加缪 / 著
李玉民 / 译
定价：48.00元

卡利古拉
[法] 阿尔贝·加缪 / 著
李玉民 / 译
定价：50.00元

枉然的柔情
[法] 苏利·普吕多姆 / 著
胡小跃 / 译
定价：50.00元

背德者·窄门
[法] 纪德 / 著
李玉民 / 译
定价：46.00元

邪恶之路
[意] 格拉齐娅·黛莱达 / 著
黄文捷 / 译
定价：50.00元

即将上市

风中芦苇
[意] 格拉齐娅·黛莱达 / 著
李广利 / 译

我的寂寞是一条蛇
高兴／主编
冯至／著／译　冯姚平／编选

故乡水
高兴／主编
李文俊／著／译
定价：38.00元

大珠小珠落玉盘
高兴／主编
郭宏安／著／译

漓江的书，买了再说！

舞蹈与舞者
高兴／主编
裘小龙／著／译
定价：42.00元

剪刀与女房东
高兴／主编
沈东子／著／译
定价：48.00元

白衣女人

[英] 威尔基·柯林斯 / 著
潘华凌 / 译
定价：78.00元

法律与夫人

[英] 威尔基·柯林斯 / 著
潘华凌 / 译
定价：59.00元

月亮宝石

[英] 威尔基·柯林斯 / 著
潘华凌 / 译
定价：65.00元

一座城堡到另一座城堡

[法] 塞利纳 / 著
金龙格 / 译
定价：68.00元

西方爱情诗选

莫家祥 / 高子居 / 编
定价：49.80元

家族复仇

［法］巴尔扎克 / 著
郑克鲁 / 译
定价：68.00元

在撒旦的阳光下

［法］贝尔纳诺斯 / 著
李玉民 / 译
定价：52.00元

漓江的书，买了再说！

心

［日本］夏目漱石 / 著
周炎辉 / 译
定价：45.00元

阿道尔夫

［法］贡斯当 / 著
黄天源 / 译
定价：35.00元

人鼠之间

［美］约翰·斯坦贝克 / 著
秦似 / 译
定价：35.00元

图书在版编目（CIP）数据

爱情书简 / (智)加布列拉·米斯特拉尔(Gabriela Mistral)著；段若川译.
— 桂林：漓江出版社，2019.9
（诺贝尔文学奖作家文集·米斯特拉尔卷）
ISBN 978-7-5407-8699-1

Ⅰ.①爱… Ⅱ.①加… ②段… Ⅲ.①散文集–智利–现代 Ⅳ.①I784.65

中国版本图书馆CIP数据核字（2019）第128699号

AIQING SHUJIAN
爱情书简
［智］加布列拉·米斯特拉尔 著

段若川 译

出 版 人 刘迪才
策划编辑 张 谦
责任编辑 张 谦
助理编辑 孙精精
书籍设计 石绍康
责任监印 张 璐

出版发行 漓江出版社有限公司
社 址 广西桂林市南环路22号
邮 编 541002
发行电话 010-85893190 0773-2583322
传 真 010-85890870-814 0773-2582200
邮购热线 0773-2583322
电子信箱 ljcbs@163.com
微信公众号 lijiangpress

印 制 三河市中晟雅豪印务有限公司
　　　　　[河北省三河市泃阳镇错桥村 邮编：065200]
开 本 880mm×1230mm 1/32
印 张 6
字 数 119千字
版 次 2019年9月第1版
印 次 2019年9月第1次印刷
书 号 ISBN 978-7-5407-8699-1
定 价 30.00元